ROSEMAI M. SCHMIDT

Chapeau Chatte

EINE KATZE

KOMMT ZU BESUCH

© 2017, Rosemai M. Schmidt, 72661 Grafenberg

Satz & Layout: PCS BOOKS · www.pcs-books.de

Covergestaltung: OOOGRAFIK · www.ooografik.de

Autorenfoto: Markus Niethammer

Kapitelgrafiken: PCS Books · Gabi Schmid, www.pcs-books.de
Grafiken/Illustrationen: *Watercolor illustration with animal foot-
prints*, #71687991 | Urheber: Annykos; *Headdress brown fedora isola-
ted on white background*, #72961406 | Urheber: Makkuro_GL; *Sketch
of coffee and backery*, #91634439 | Urheber: 21021021; *black & white
watercolor background*, #104055503 | Urheber: soolima; *Watercolor
chestnut collection*, #109998718 | Urheber: homunkulus28; *waterco-
lor vertical landscape with sky ...*; #112603189; *watercolor illustration
with abstract sky, ...*; #112603235 | Urheber: flowerstock; *Watercolor
autumn leaves set ...* Datei: #116563623 | Urheber: Afanasia; *Isolated
watercolor white keyboard ...*, #122019953; *Isolated watercolor cat
sitting on white background ...*, #127809444 | Urheber: artinspiring;
Brown shorthair cat, ..., #127598677 | Urheber: analgin12; *Watercolor
portrait of rare exotic Nebelung cat ...*, #133333962 | Urheber: ariy-
design; *Set autumn leaves*, #139492294 | Urheber: mika_48; *Abstract
acrylic and watercolor painted frame ...* , #142823245 | Urheber: Liliia;
Wooden fence on a stone wall ..., #114375301 | Urheber: YK – alle
Fotolia.com

Druck und Verlagsdienstleister: Tredition GmbH, Hamburg

Printed in Germany

1. Auflage

ISBN: 978-3-7439-3025-4 (Paperback)

978-3-7439-3026-1 (Hardcover)

978-3-7439-3027-8 (e-Book)

Für alle Menschen,
die den Mut haben,
sich selbst zu begegnen,

für jene,
die es ganz fest vorhaben

und

für alle,
die es eines fernen Tages
– vielleicht –
versuchen wollen

Inhaltsverzeichnis

Schriftsteller – oder Autor – oder Wortkünstler nennen mich die Leute.

Das ist alles richtig, aber in Wahrheit bin ich eigentlich ein Chronist.

Ich entreiße die Wörter und Sätze dem Vergessen und mache sie zu Anwärtern auf die Ewigkeit.

Schreiben ist ein einsames Geschäft, aber damit bin ich ganz einverstanden.

Tag für Tag werfe ich mein Netz aus, gleich einem Fischer und ziehe die Ausbeute zu mir herein: Bruchstücke von Bildern, Geräuschen, Gerüchen, Stimmen und Gefühlen, die ich auf meine Weise ordne und zusammensetze – neu und nie geahnt – bis sie funkeln wie Kristalle.

Das ist es, was ich tue, und es erfüllt den Raum in mir und um mich, füllt meine Zeit und mein Sein übersatt, und ich brauche sonst nichts.

Nur mich selbst.

Ich habe die Klause bewusst gewählt und liebe es nicht, wenn man meinen Frieden stört.

Doch mir scheint, ich habe die Rechnung ohne den Narren gemacht.

Chapeau Chatte

Es war damals, in jenem heißen Sommer, als eines Nachmittags ein Hut mein Verandageländer entlangwanderte.

Hüte pflegen nicht auf Geländern zu balancieren. Ich trat hinaus und sprach die geschäftige Kopfbedeckung an, wobei ich hoffte, niemand würde mich dabei sehen. Wenn jemand beginnt, mit Hüten zu reden, werten Beobachter das mitunter als Zeichen für ernsthafte Schwierigkeiten im Oberstübchen. Ich rief den Hut also an: „He, du! Was tust du hier?"

Mit unnachahmlich träger Eleganz wandte er sich um. Grüne Augen musterten mich prüfend durch zwei Löcher im oberen Teil und schließlich kam die Antwort: „Ich spaziere."

An dieser Stelle befielen mich selbst erhebliche Zweifel bezüglich des Zustandes meines oben genannten Stübchens, und ich trat einen Schritt zurück.

„Äh ... Moment! Hüte sprechen nicht!"

„Ich bin ja auch kein Hut", kam es beleidigt zurück. „Du solltest deine Augen dazu verwenden, zu sehen, was wirklich ist, und nicht das, was du erwartest, zu sehen."

Mit diesen Worten machte es sich der Hut vollends auf dem Geländer bequem, blinzelte mit den Augen und entrollte einen prächtigen, silbergrauen Schwanz, welchen er aufstellte wie ein Periskop.

Ich riss die Augen auf: „Du bist eine Katze!"

„Na, das hat ja gedauert. Aber Menschen haben immer eine lange Leitung."

„Na, hör mal!", verteidigte ich mich lahm.

Es ist nicht jedermanns Sache, sich von einer Katze geistige Trägheit vorwerfen zu lassen, die unter einem verblichenen braunen Schlapphut herumspaziert, durch zwei Löcher im Kopfteil herausschaut und sprechen kann. Die Unmöglichkeit des Letzteren wurde mir erst jetzt bewusst.

„Wieso sprichst du?"

„Wieso nicht? Du sprichst doch auch!"

„Aber Katzen sprechen nicht."

„Ein offensichtlicher Irrtum."

„Ähm ... und weshalb schaust du durch die Löcher?"

Ein genervtes Seufzen begleitete die Antwort: „Meinst du, ich möchte gegen Mauern und Bäume rennen?"

Jetzt war *ich* es, der genervt reagierte.

„Nein! Ich meine: Wieso rennst du unter einem Hut herum?"

„Wieso nicht? Ich bin Chapeau Chatte."

„Das ist französisch."

„Eine Katze, die etwas auf sich hält, ist stets französisch."

Die Sache wurde immer verrückter.

„Warum also der Hut?", legte ich nach.

„Man kann so wunderbar beobachten und ist so herrlich inkognito, findest du nicht auch?"

„*Inkognito?* Ah ja, inkognito, klar. Und weshalb?"

„Weshalb nicht?"

Ich starrte ärgerlich in die grünschimmernden Augen, die amüsiert zurückblitzten. Eines der beiden nachlässig in den lappigen Filz gebohrten Gucklöcher war größer als das andere.

„Und was führt dich ausgerechnet hierher?", fragte ich unwirsch.

Die Augen musterten mich einen Moment versonnen, bevor die Antwort kam: „Nun ja, irgendwohin muss man ja. Und hier ist es so gut wie anderswo. Wobei ich gestehen muss, dass du mir gefällst. Du bist so durchschaubar."

Das war genug.

„Jetzt reicht's", schrie ich wütend, „das muss ich mir von einer unsichtbaren Katze nicht bieten lassen, du ...!"

Ich wurde unterbrochen.

„Ich bin sichtbarer als du. Doch lass uns unser Gespräch heute Abend fortsetzen. Ich habe anderswo zu tun. Sorg dafür, dass etwas zum Speisen da ist für mich, wenn ich komme. Salut!"

Bei diesen Worten hob sich der Hut etwas an und bekam vier Pfoten, die ihn, gravitätisch schreitend, zum Ende der Brüstung trugen. In kraftvollem Sprung hob er mit gestrecktem Schwanz ab und landete, kurz nachfedernd, auf dem Rasen.

„Salut", ertönte es erneut, und der Hut war im Gebüsch verschwunden.

Eine halbe Stunde später beschloss ich, dieses Erlebnis als Wahnbild meines von der Augustsonne überhitzten Gehirns zu betrachten und verkroch mich hinter herabgelassenen Jalousien im Wohnzimmer.

Abermals eine Stunde später machte ich mich auf den Weg. Es konnte nicht schaden, einige Dosen Katzenfutter im Haus zu haben. Für alle Fälle.

Man konnte ja nicht wissen.

Französisches Frühstück

„Meinst du nicht, es wäre Zeit fürs Frühstück?"

Mein schlafumnebeltes Gehirn ordnete diesen Vorschlag in die Schublade mit der Aufschrift „Albträume" ein. Ich drehte mich auf die andere Seite und zog die Decke über den Kopf.

„Ich bevorzuge Café au Lait mit einem Extra-Schuss Rahm – in einer Glasschüssel, bitte. Und das Croissant erst ganz zum Schluss hineinbrocken. Ich mag es kross."

Ich riss die Augen auf und starrte in zwei geschlitzte Pupillen, die mich vorwurfsvoll musterten.

„Na endlich! Wird auch Zeit." Der Hut saß auf meiner Bettkante und starrte mich an.

„Du schon wieder", stöhnte ich, „Gott! Und ich dachte, du seiest eine Fata Morgana."

„Die kenne ich nicht. Ich bin Chapeau Chatte."

„Ja, ja, ja!" Zähneknirschend quälte ich mich aus dem Bett.

„Und was dein Frühstück betrifft, so habe ich weder Croissants, noch Rahm, noch Milch. Ich trinke meinen Kaffee schwarz."

„Dann wird es Zeit, dass du deine Vorräte ergänzt. Ich muss ja von etwas leben in der Zeit unseres Zusammenseins."

„Welches Zusammensein? Welche Zeit? Du willst dich doch nicht etwa länger bei mir einnisten!"

„Einnisten! Ich will dich mit meiner Anwesenheit beehren. Ach ja, und vergiss das Tatar für das Mittagessen nicht. Ich pflege es mit etwas rohem Eigelb zu nehmen. Eiweiß esse ich nicht, das ist gewöhnlich."

„Tatar", wiederholte ich dümmlich, „Eigelb. Na klar ... oh Himmel, womit habe ich das verdient?"

„Das frage ich mich auch", antwortete der Hut, „und nun geh, sonst sitzen wir noch bis heute Abend hier herum."

Ein gönnerhaftes „Salut" tönte mir hinterher, als ich die Haustür ins Schloss zog, um Sahne, Milch und Croissant einzukaufen, nicht zu vergessen Tatar fürs Mittagessen, für einen Hut, der behauptete, eine Katze zu sein, die es liebte, inkognito zu gehen.

Ich war so in Gedanken, dass ich über einen Stein stolperte und ärgerlich schimpfend stehen blieb. Und wie aus heiterem Himmel befiel mich ein Lachen, das ich nicht zu unterdrücken vermochte. Eine Frau warf mir einen missbilligenden Blick zu und eilte schnell davon, als ich ihr prustend erklärt hatte: „Wissen Sie, gnädige Frau, ich muss Milch und Croissants kaufen für einen sprechenden Hut."

Der Hut ruhte vollkommen in sich selbst vor dem Kamin, als ich zurückkam.

„Endlich! Kälte *und* Hunger, das ist eindeutig zu viel", kam es unter der Krempe hervor.

Kälte! Im August! Und davon mal abgesehen – heize einer ein, wenn er am frühen Morgen wegen eines französischen Frühstücks aus dem Haus gejagt wird – eines französischen Frühstücks für eine Katze, wohlgemerkt.

Die grünen Augen musterten mich missbilligend aus dem Filzungetüm. Meine heitere Stimmung zerstob im Nu.

„Kannst du eigentlich nur rummeckern? Außerdem glaube ich nicht, dass Katzen frieren – des Felles wegen. Und überhaupt: Wir haben August, kein Mensch, der seine fünf Sinne beisammen hat, heizt im August. Und du, unter deinem Kaffeewärmer, müsstest erst recht schwitzen."

Der Hut schnaubte. „Darauf erwidere ich nichts, das ist unter meiner Würde."

Das eigenartige Geschöpf erhob sich und strebte zielbewusst der Tür zu.

„He! Wohin willst du denn jetzt?" Ein tadelnder Blick begleitete die Erklärung: „Das fragst du? In die Küche natürlich. Schlimm genug, dass man dir das sagen muss! Lässt seinen Gast verhungern, dieser Mensch! Ts ts ts. Na ja, ein Mensch eben."

Die letzten Worte hörte ich schon aus der Küche. Gast! Von wegen! Ich war Opfer einer Hausbesetzung und wurde den Verdacht nicht los, dass diese Katze begonnen hatte, über mich zu bestimmen, doch meine Neugier war größer als mein Missmut darüber.

Als ich in die Küche kam, saß der Hut auf der Arbeitsplatte.

„Na, ein Glück, dass du dich entschließen konntest. Zeig, was du hast!" Der Hut erklomm meinen Einkaufsbeutel, als ich ihn auf der Platte niederlegte und ließ sich auf dem kleinen Hügel nieder. Ein geschäftiges Treiben begann, von dem ich außer einem bedenklichen Rascheln nur die Kommentare zu hören bekam: „Mm! Feine Croissants! Bei diesem Bäcker musst du bleiben, der kann was."

Raschel ...

„Na ja! Unter feinem Tatar verstehe ich etwas anderes. Aber für heute mag es angehen. Morgen versuchst du es bei einem anderen Fleischer."

Raschel ...

Ich malte mir aus, wie ich Tag für Tag in immer größer werdenden Kreisen Metzger um Metzger abklapperte und Chapeau Chatte niemals zufrieden sein würde.

Raschel ...

Nein! Ohne mich!

„Hör mal, du verrücktes ...!", ich wurde unterbrochen.

„Ah, köstlich, lecker! Vielen, vielen Dank! Du bist wirklich großzügig."

Schmatz!

„He! Was frisst du da? Das Tatar ist erst für mittags!"

„Erstens fresse ich nicht, sondern ich genieße. Und Tatar ist das nicht. Es sind diese köstlich duftenden rosaroten Läppchen ..."

Diesmal unterbrach ich: „Untersteh dich! Das ist MEIN Lachsschinken fürs Frühstück!"

„Oh! Pardon! Zu spät! Wenn du mir das aber auch nicht rechtzeitig sagst! Hier ... ich vergreife mich nie an fremdem Eigentum, wenn man mich beizeiten über die Besitzverhältnisse informiert."

Ein daumennagelgroßes, rosarotes Fetzchen wurde unter dem Hut hervorgeschoben, der noch immer auf dem Einkaufsbeutel thronte und fiel schlapp auf die Arbeitsplatte hinunter. Dort blieb es am Rand liegen wie eine groteske kleine Wippe, als könnte es sich nicht entscheiden, ob es liegen bleiben oder der Schwerkraft gehorchen und auf den Boden fallen sollte.

„He", rief ich äußerst ärgerlich, „jetzt habe ich nur noch zwei Scheiben. Lachsschinken ist teuer, und ich habe mich so darauf gefreut."

Einen Moment war es still. Dann ertönte es beiläufig unter dem Hut hervor: „In Mathematik scheinst du auch keine Leuchte zu sein. Du hast keine zwei Scheiben, sondern nur noch eine."

„Wie ...?", wieder wurde ich unterbrochen: „Eine ziemlich kleine. Eigentlich eine sehr verschwindend geringe, winzigkleine Scheibe."

Ich starrte das immer noch leicht wippende Fetzchen an und sagte resigniert: „Du kannst es haben. Ich will es nicht mehr."

Eine silberbepelzte Pfote fuhr blitzschnell unter dem Hut hervor und der letzte Rest meines teuren Lachschinkens war verschwunden.

Schmatz!

„So", kam dann die Aufforderung, „jetzt wird's Zeit fürs Frühstück!"

Ich gehorchte brav und holte ein Glasschüsselchen heraus.

4

Besuch

In elegantem Sprung segelte der Hut unversehens auf meinen Schreibtisch und richtete sich zwischen Tastatur und Bildschirm häuslich ein.

„Mensch! Chapeau! Ich arbeite!"

„Lass dich durch mich nicht stören – du Mensch."

Verzweifelt hieb ich in die Tasten, in der festen Absicht diesen großzügigen Rat zu befolgen und versuchte, über den Hut hinweg, meinen Bildschirm wenigstens teilweise zu sehen. Das Ergebnis war niederschmetternd. Ich bekam keinen vernünftigen Satz zustande, und schließlich gab ich es auf. Ich legte die Hände in den Schoß und warf dem Hut einen grimmigen Blick zu.

„Warum machst du nicht weiter? Ich schau dir gern zu, wenn du auf diesem Dings herumhackst."

Ich ballte die Fäuste unter dem Tisch. „Ich kann nicht!", fauchte ich zwischen den zusammengebissenen Zähnen hervor.

„Oh, das ist aber peinlich, würde ich meinen. Wo du Armer dich dabei doch immer so anstrengst." Ein mitleidiger Blick streifte mich.

„Es ist mir egal, was du meinst. Wegen dir kann ich nicht. Ich kann nicht schreiben, wenn man mir dabei zuschaut." Jetzt war es heraus.

„Oh!" Chapeau ignorierte diesen Wink und starrte mich prüfend an.

„Sag mal", fuhr sie schließlich fort, „wieso kriegst du eigentlich nie Besuch?"

Spätestens hier wurde mir klar, dass es bis auf weiteres mit dem Schreiben nichts mehr werden würde.

„Na, du bist gut. Nie Besuch? Und was bist du?"

Ein amüsiertes Schnauben antwortete mir: „Ich bin kein Besuch."

„Ach nein?", jetzt schnaubte ich.

„Nein."

„Was bist du dann?"

„Wenn du das nicht selbst weißt, ist es müßig, es dir zu erklären."

Ich schwieg beleidigt. Was bildete sich diese Katze ein? Ich schob den Stuhl nach hinten, legte die Füße auf den Schreibtisch und schaute, die Hände gefaltet im Schoß, über den Hut hinweg aus dem Fenster. Das Laub der Kastanie war in wildem Aufruhr, weil sich die beiden Hauseichhörnchen eine wilde Jagd von Ast zu Ast lieferten.

„Na, sag schon", tönte es unerbittlich unter dem Hut hervor, „wieso bekommst du nie Besuch?"

Ich antwortete nicht.

„Menschenbesuch", wurde die Frage ergänzt.

Ich schickte einen bitterbösen Blick zu Chapeau hinüber und antwortete: „Wozu?"

„Wozu? Na hör mal. Immer so alleine! Das ist doch nicht gut."

„Ich will keinen Besuch. Das stört mich nur."

„Stört ... soso!"

Ein Blick schoss von dem Hut zu mir herüber, der eine Amazone in einen zitternden Feigling verwandelt hätte. Ich wandte die Augen ab und begann an einem losen Nagelhäutchen herumzuzupfen.

„Und deine Freunde?"

Ich schaute hoch.

„Welche Freunde?"

„Du hast keinen Freund?"

„Och ...", ich überlegte ein Weilchen und fuhr dann fort, „doch ... schon ... da gibt's einen. In Heidelberg."

„Heidelberg?"

„Ja, auf der anderen Seite von Deutschland. Im Süden."

„Oh! Wie praktisch."

„Praktisch?"

Der Hut begann zu beben, offensichtlich lachte das freche Biest über mich. „Praktisch für dich. So kommst du nicht in Gefahr."

„Wieso Gefahr?"

„Da musst du schon selbst draufkommen." Langsam wurde ich ärgerlich. „Du gehst mir auf die Nerven, weißt du das?"

Ein rätselhafter Blick traf mich. „Das sehe ich ... sei froh darüber. Und Eltern?"

„Die sind schon lange tot. Und bevor du mich noch nach Geschwistern fragst, ich bin Einzelkind. Sonst noch was? Wenn nicht, würde ich mich gerne wieder an die Arbeit machen. Verzieh dich."

Chapeau tat nichts dergleichen, im Gegenteil. Ihr Schwanz begann erregt zu zucken, und der Hut schob sich halb über die Tastatur, als sie gespannt fragte: „Nicht mal eine Liebste? Oder Kinder? Irgendwo?"

Ich erstarrte. Das ging jetzt entschieden zu weit.

„Nein", knurrte ich, „mein Kind starb vor der Geburt, als seine Mutter ums Leben kam. Und jetzt Schluss! Mir geht es gut! Ich brauche niemanden, und am besten verschwändest auch du! Dann ginge es mir noch viel besser!"

Ich verschränkte die Arme vor der Brust und blitzte den Hut böse an. Die Augen musterten mich nachdenklich.

„Schon gut", kam es schließlich murmelnd, „ich gehe – für eine kleine Zeit. Dann komme ich wieder. Salut, mein Freund."

Leise glitt der Hut vom Schreibtisch und verschwand geschmeidig über die Veranda in den Garten.

Ich blieb allein zurück. Verwundert spürte ich einem Gefühl in mir nach, das ich nicht deuten konnte. Ärgerlich wischte ich es weg wie eine unwillkommene Spinnwebe und schob den Schreibtischstuhl zurecht.

Aber ich konnte nicht beginnen. Meine Augen huschten über die Tasten, doch sie fanden nicht, was sie suchten.

Schrift stellen

„Nun", Chapeau Chatte leckte die letzten Sahnereste aus der Frühstücksschüssel, „erzähl, was machst du so den ganzen Tag?"

Ich schluckte den Rest Marmeladenbrot hinunter. „Na, das weißt du doch. Ich schreibe."

„Ja, ja. Ich frage mich nur, weshalb du das tust."

„Ich bin Schriftsteller."

Stille!

„Aha! Und wohin stellst du sie?"

„Wen?"

„Die Schrift."

„Wie, wohin stelle ich die Schrift! Was soll der Blödsinn?"

„Nun, es ist doch anzunehmen, dass Schriftsteller so heißen, weil sie Schrift irgendwohin stellen. Wohin also stellst du sie?"

„Ich ... stelle die Schrift nicht. Also ... ich setze mich hin und ... schreibe einfach."

„Wieso heißt du dann nicht Schriftschreiber?"

„Weil ... weil ... mein Gott, weil das eben so

ist, verflixt noch mal. Du kannst einen wirklich nerven."

Ich erhob mich und stellte das Frühstücksgeschirr in die Spüle.

Chapeau ließ nicht locker. „Aha! Und was geschieht dann, wenn du dich gesetzt hast und die Schrift nicht stellst, sondern einfach schreibst?"

Ich verdrehte die Augen. „Wenn ich fertig bin mit Schreiben, gebe ich das Manuskript zum Verlag, und der ..."

„... und der verlegt, was Du geschrieben hast. Und wie findet man es wieder?"

„Lass mich ausreden! Dann bekommt der Schriftsetzer meine Geschichte ..."

„Ha", unterbrach mich die Teufelskatze schon wieder, „und wo sitzt die Schrift bei diesem?"

„Sie sitzt nicht, er setzt sie!" Ich wurde langsam nervös.

„Du bist wohl ein bisschen wirr im Kopf, scheint mir." Die grünen Augen musterten mich besorgt. „Wenn der Schriftsetzer die Schrift setzt, dann sitzt sie doch. Das ist selbstverständlich."

Allmählich wurde ich wirklich wirr. Ich fuhr mir durch die Haare und suchte verzweifelt nach einer Erklärung, die dieses anspruchsvolle Geschöpf zufrieden stellen würde.

„Wenn der Schriftsetzer das Geschriebene eines Schriftstellers setzt ...", begann ich.

„Dann sitzt das Gesetzte, nachdem der Setzer es gesetzt hat", vollendete mein Gegenüber den Satz. „Fragt sich nur, wo."

„Schluss", rief ich, „hör auf! So ein bescheuertes Gespräch führe ich nicht fort!"

Chapeau Chatte blieb gelassen. „Wenn dir das Gespräch nicht gefällt, solltest du es eigentlich gerade fortführen, egal wohin, dann ist es weg."

Ich würdigte meinen Quälgeist keiner Antwort und begab mich an meinen Schreibtisch. Ich war mit der ersten Seite eben fertig, als der Hut mit kraftvollem Sprung meinen Schreibtisch erklomm und sich neben der Tastatur breitmachte.

„Was für eine Schrift hast du gerade gestellt?", fragte es unter der Krempe hervor, während zwei flinke grüne Augen interessiert über den Bildschirm huschten.

„Ich habe eben einen Satz beendet."

„Ich hätte gedacht, dass eher ich eben einen Satz beendet habe, als ich auf diesem Tisch landete."

„Fängst du schon wieder an?"

„Ist ja schon gut! Was ist das für ein Satz?"

Zufrieden las ich vor: „Hauchleise flüsterte der Baum."

Die Augen fixierten mich lange. „Aha!"

„Was heißt *aha?* Das ist ein schöner Satz. Man sieht ihn förmlich vor sich, diesen Baum. Ein zarter Baum, ein nettes Bäumchen mit feinen Blättern. Ein schöner Baum."

„Jaha! Das ist es ja. Dein Baum ist ein Baum, sonst nichts. Immer nur ein Baum. Langweilig!"

Und blitzschnell, bevor ich es verhindern konnte, fuhr eine Pfote unter dem Hut hervor und tappte kurz über einige Tasten. Dann zog sie sich aufreizend langsam wieder zurück.

„Lies vor!", kam der Befehl.

Und ich las, laut und deutlich, ohne mir Mühe zu geben, die Häme zu verbergen, die mein Gesicht nachgerade zum Leuchten brachte: *„Prrrumftrü!"*

„Das ist genial. Was ist dagegen dein Baum!"

„Häh?", das Leuchten verkümmerte kläglich. „Was soll der Quatsch?"

„Quatsch? Keineswegs! Was ist ein *Prrrumftrü?* Sag mir das mal!"

„Das ist überhaupt nichts!"

„Falsch! Es ist alles."

„Alles?"

„Natürlich! Weil es noch nichts ist, ist es noch alles."

Die Augen sahen mich prüfend an, dann fuhr die Katze fort: „Ich behaupte, ein *Prrrumftrü* braucht jeder. Um sich darin einzuwickeln zum Beispiel, oder um es zu essen. Man kann es dazu verwenden, sich gegen den Regen zu schützen oder darauf zu schlafen. Vielleicht schwimmt es auch im Wasser herum, wie die Fische oder es fliegt durch die Luft wie die Vögel, oder ..."

„Oder vielleicht bist ja auch du ein *Prrrumftrü*. Wer sagt mir denn, dass du wirklich eine Katze bist?"

„Richtig! Wer wohl?"

Jetzt begann ich zu lachen: „Das *Prrrumftrü* vielleicht?"

„Natürlich, wer denn sonst. Langsam scheinst du zu verstehen, worauf es ankommt. Schreibst du mir jetzt einen vernünftigen Satz, bitte?"

Und ich schrieb den ersten wirklichen Satz meines Lebens, den Satz, der alles enthielt, was ich je geschrieben hatte und je schreiben würde, und während ich schrieb, las ich laut, was ich schrieb:

„Krrünäll waramcor willaggy ent Wokollinajotzker, hü neggertonnte betrummte, betrummte ontzky wagranntigger."

Chapeau fing an zu schnurren, erhob sich und verneigte sich vor mir. Andächtige Stille. Schließlich sprach sie ungewöhnlich sanft, und die grünen Augen lächelten: „Das ist ein wirklich bedeutsamer Satz, ein großer Satz. Erlaube, dass ich mich entferne. Darüber muss ich meditieren, und das kann ein Weilchen dauern. Es würde nicht schaden, wenn du dasselbe tust, mein Freund."

Mit diesen Worten sprang der Hut auf den Boden hinunter und stolzierte zur offenen Verandatür hinaus.

„,Betrummte'", hörte ich es unter der schlappen Krempe hervormurmeln, „,betrummte'! Oh heilige Bastet! Welch großes Wort!"

Dann wurde es still. Ich saß vor meinem Computer, starrte auf den Satz, und eine Gänsehaut überzog meine Arme. Dann erhob ich mich, trat in den Garten und ließ mich unter der alten Kastanie nieder, und ein hauchleises Schnurren wehte von den Ästen über mir herab.

Sphinx

Mit grimmiger Genugtuung schickte ich mich an, diesmal derjenige zu sein, der störte.

„Darf ich dich mal etwas fragen, Chapeau?"

Ich saß in meinem bequemsten Sessel, ließ die Beine über die Armlehne baumeln und schlürfte genießerisch einen Café au Lait. Auf der anderen Seite des Couchtisches döste der Hut auf dem Sofa vor sich hin.

„Hm?" Die Augen hinter den Filzlöchern öffneten sich ein paar Millimeter, blinzelten träge und schlossen sich dann wieder.

„Es gibt da etwas, das mich interessiert."

Ein genervtes Fauchen antwortete mir, aber ich hatte mein Ziel erreicht. Die Augen öffneten sich ganz und die Schwanzspitze, die unter der Krempe hervorlugte, begann gereizt zu zucken. „Hat dir schon mal jemand gesagt, dass es äußerst unhöflich ist, jemanden zu stören, der ungestört sein will?"

Ich verschluckte mich fast an meinem Kaffee und begann zu prusten. „Das sagst ausgerechnet du?"

„Pah! Frag, was du zu fragen hast und

dann ... mach, was du willst, aber bitte woanders."

„Schon gut, schon gut. Ich kann auch gleich gehen, wenn du Wert darauf legst." Das hätte ich nicht sagen sollen.

„Was? Erst weckst du mich unverschämterweise auf, dann machst du mich neugierig und jetzt sagst du, du willst gehen? Also, ihr Menschen seid ja wirklich meistens amüsant. Aber jetzt amüsiere ich mich gerade gar nicht."

Ich musste lachen. „Komm, Chapeau, sei gut."

Der Ausdruck der grünen Augen wechselte von vorwurfsvoll zu resigniertem Amüsement. „Na dann, leg los."

Ich leerte die Tasse, denn es war anzunehmen, dass der Rest sonst kalt geworden wäre, und kalter Café au Lait schmeckt widerlich. Dann beugte ich mich vor. „Wieso bist du ausgerechnet zu mir gekommen und nicht, meinetwegen, zu den Nachbarn?"

„Wieso hätte ich zu den Nachbarn gehen sollen? Es bestand keine Notwendigkeit. Mag ja sein, dass ich deinetwegen zu den Nachbarn hätte gehen können, aber ich kam deinetwegen zu dir."

„Chapeau, halt dich doch nicht an dem Wort auf. Es war eine Floskel."

„Man sollte sich vor Floskeln hüten, sie sind in der Sprache dasselbe wie in der Menschenwelt der Müll."

Das Gespräch lief in eine Richtung, die ich nicht beabsichtigt hatte. „He! Sag doch einfach, warum du ausgerechnet zu mir gekommen bist. Lenk nicht ab."

„Wenn du eine präzise Antwort willst, musst du gleich präzise fragen", schoss es beleidigt zurück, „und *ausgerechnet* habe ich mir das nicht ..."

Ich lachte belustigt auf.

„... unterbrich mich nicht. Ich bin zu dir gekommen – ganz ohne Berechnung – weil sich die Tür ein wenig geöffnet hatte. Das war die Voraussetzung, denn erst dann konnte ich dem Faden folgen."

Ich hatte Mühe den Kiefer in Position zu halten. „*Faden?* Also, ich muss gestehen, dass ich gerade das fatale Gefühl habe, einer Sphinx gegenüber zu sitzen."

Für einen Moment schien die Welt die Luft anzuhalten, dann sagte Chapeau sehr leise: „Du bist ein sehr kluger Mensch, weißt du das?"

Eine Gänsehaut überzog meine Unterarme.

„Aber ...", ich musste mich räuspern, um die Stimme freizubekommen, „... damit weiß ich noch nicht, was du gemeint hast. Mit dem Faden."

„Das ist schwer zu erklären. Es sind immer die Fäden, die uns zueinander führen. Wir fänden einander nicht ohne sie."

„Ich weiß zwar immer noch nicht, was diese Fäden sind, aber was ist, wenn jemand gar keine Fäden hat?"

Die grünen Augen begannen zu funkeln. „Das gibt es nicht, nirgendwo. Jeder hat sein Gewebe, und niemand kann einen Faden abschneiden. Man kann sie immer nur lösen, einen nach dem anderen, bis das Gewirr in Ordnung kommt. Und der eine Faden, der stärkste, der bleibt uns immer. Es ist der, der uns stets den Weg zeigt aus unseren Labyrinthen."

Mein Kopf brummte, und ich versuchte zu verstehen. Es gelang mir nicht, und dennoch hatte ich das Gefühl, dass das, was ich eben gehört hatte, auf geheimnisvolle Weise wahrer war, als alles, was ich bis dahin gewusst hatte.

„Heute sind wir ja sehr mythologisch", versuchte ich zu scherzen, „erst die Sphinx und jetzt auch noch das Labyrinth. Fehlt bloß noch der Stier."

Die Augen verengten sich zu schmalen

Schlitzen. „Oh der ist immer da. Nur wissen das die meisten Menschen nicht."

Jetzt fiel mir der Kiefer tatsächlich hinunter. „Also Chapeau, das reicht jetzt. Du wirfst da mit Brocken um dich, die einen erschlagen können."

Der Hut schüttelte sich vor Vergnügen. „Die treffen dich nur, wenn du träge dahockst und nichts tust. Wenn du anfängst, dich zu bewegen, können sie dich nicht treffen. Wenn es sie nicht gäbe, würdest du dich nicht aufmachen."

„Aufmachen? Wohin?"

„Woher soll ich das wissen? Dein Weg ist nicht mein Weg. Außerdem kennt man das Ziel erst, wenn man den Weg gegangen ist."

Ich ergriff meine leere Tasse und erhob mich. Mir war schwindelig, und es war klar, dass ich jetzt nicht schreiben konnte. Erst musste ich das Durcheinander in meinem Kopf wieder auf die Reihe kriegen. Ich schaute zu dem unscheinbaren Hut hinüber.

„Weißt du, Chapeau", sagte ich leise, „du bist wirklich das größte Rätsel der Welt für mich."

Ein geheimnisvoller Blick traf mich. „Ich? Mit Sicherheit nicht. Das größte Rätsel auf der Welt für dich bist du selbst. Das wirst du eines Tages schon noch verstehen. Und jetzt: Darf ich weiterschlafen, oder soll ich dir noch eine Frage beantworten?"

Ich schauderte. „Um Himmels willen, nein, mit dieser Antwort bin ich für den Rest der Woche bedient."

„Na, Bastet sei Dank. Dann also: Salut! Verzieh dich."

Und ich verzog mich.

Ewigkeit

Hätte jemand von außen in unser Küchenfenster hineingeschaut, hätte er einen Mann beim Mittagessen gesehen, einen verblichenen braunen Hut ihm gegenüber auf dem Tisch.

Er sähe diesen Mann die Lippen bewegen und dächte vermutlich, der Arme müsse einen Klaps haben oder sehr einsam sein, denn nur Vertreter dieser beiden Spezies reden mit sich selbst. Wüsste er, dass der Mann sogar *mit dem Hut* sprach, wäre er um eine Diagnose nicht mehr verlegen: Völlig durchgeknallt.

Nichts von alldem traf zu. Chapeau Chatte und ich aßen zu Mittag.

„Hm!", brummte ich genießerisch und nahm das nächste Stück meines köstlichen Blumenkohlsoufflés auf die Gabel. „Herrlich! Ich könnte ewig so sitzen und genießen."

Das leise genüssliche Schmatzen unter dem Hut verstummte. „Schon komisch. Da wünscht sich dieser Mensch etwas, was er schon hat." Erneut begann es zu schmatzen.

„Wie? Was soll das heißen?"

Chapeau fauchte ungeduldig. „Manchmal ist es schon anstrengend, wenn man ständig Sachen erklären muss, die so selbstverständlich sind."

Ich lachte laut auf. „Und das sagt mir ein Wesen, das selbst nicht selbstverständlich ist – ha!"

Ein missbilligender Blick traf mich, und die Spitze des Schwanzes, der wie meist unter der Krempe hervorlugte, begann zu zucken. „Dieser Einwand beweist genau das, was ich eben sagte. Ich bin durchaus selbstverständlich, du dagegen nicht. Ich verstehe mich selbst, aber du ...?" Eine bedeutsame Pause folgte.

„Du nimmst alles so verflixt wörtlich", brummte ich.

„Natürlich tue ich das. Wie anders sollte ich es nehmen? Menschen meinen die Wörter meistens anders, als sie sie sagen, und dann wundern sie sich über Missverständnisse!"

„Ja, ja, ja!" Ich stocherte missmutig im Essen herum, während Chapeau Chatte sich weiter ihrem Tatar mit Eigelb widmete. Ich hatte endlich einen Metzger gefunden, dessen Fleisch diesem verwöhnten Wesen zu munden beliebte.

„Aber", fuhr ich schließlich fort, „was meintest du vorhin, als du sagtest, ich wünschte mir etwas, was ich schon habe?"

„Na, du wolltest doch ewig so sitzen bleiben und genießen."

„Und das habe ich schon?"

„Nun, jetzt nicht mehr."

„Jetzt nicht mehr? Bei dir piept's wohl! Ich sprach von der Ewigkeit. Ewig ist ewig, verstehst du wohl? Ewig! Wenn es so wäre, wie du sagst, müsste es jetzt immer noch so sein, wie eben, als ich es sagte und du meintest, ich hätte es schon! Aber jetzt sagst du, ich hätte es nicht mehr?"

„Du bist etwas durcheinander, scheint mir."

Ich ballte eine Faust unter dem Tisch und wurde lauter: „Ha! Und darüber wunderst du dich?"

„Nein, nicht wirklich, ich kenne dich ja. Aber ich mag dich trotzdem."

„He! Also jetzt..!"

„Pst!", unterbrach mich der Hut, „reg dich ab. Lass uns lieber das Problem lösen."

„Das ist nicht lösbar. Meine Ewigkeit und deine scheinen zwei völlig verschiedene Dinge zu sein."

„Chapeau, Monsieur! Ich hätte nicht gedacht, dass du so schnell draufkommst."

„Hä? Worauf!"

„Nun, deine Vorstellung von Ewigkeit ist ganz einfach falsch."

Ich verdrehte die Augen. Worauf hatte ich mich da bloß wieder eingelassen! „Na klar!"

„Natürlich. Für dich ist die Ewigkeit einerseits so etwas wie ein riesiges Meer der Nicht-Zeit oder vielleicht, besser gesagt, so etwas wie ein außerzeitlicher Einheitsbrei, in dem alles irgendwie diffus herumschwimmt. Andererseits so etwas wie ein eingefrorener Augenblick, in welchem man, gäbe es ihn denn, gefangen bliebe in ... na, in alle Ewigkeit eben."

„Ähm! Warte mal ...!"

Ich hatte alle Mühe, der Ausführung zu folgen. Und plötzlich wurde mir bewusst, dass meine Vorstellungen von dem, was man Ewigkeit nennt, tatsächlich reichlich diffus waren. Ich versank in tiefes Nachdenken. Der Hut störte mich nicht dabei.

„Chapeau", sagte ich schließlich, „ich versuche es zu fassen, aber ich schaffe es nicht. Ich denke, dass man einfach gar nicht erfassen kann, was Ewigkeit eigentlich ist."

„Ja und nein, mein armer Freund."

Ich hätte es mir ja denken können! Da saß vor mir ein Katzenhut oder, wenn man so will, eine Hutkatze, die davon überzeugt war zu wissen, was Ewigkeit ist. „Und du weißt es natürlich!"

„Nein, ich *weiß* die Ewigkeit natürlich nicht. Ich *lebe* sie."

Der Mund klappte mir auf. *„Waaas?"*

„Ich lebe sie. Schau, du versuchst die Dinge in deinen Kopf hineinzuquetschen, und wenn sie drin sind, oder wenn du zumindest meinst, sie wären drin, denkst du, du hättest sie verstanden. Aber alles, was sie verursachen, ist Hirnverstopfung. Du darfst nicht versuchen, die Ewigkeit in dich hineinzunehmen, sondern du musst dich selbst in sie hineinfallen lassen. Man kann sie nicht denken, man kann sie nur leben."

Mein Kopf begann sich zu drehen.

„Gnade", winselte ich, „verschon mich bitte! Mehr kann ich nicht aufnehmen."

„Das sollst du ja eben nicht. Dein Kopf ist ohnedies schon völlig vermüllt. Es ist gar nicht schwer, pass auf ...!"

„Nein!"

„Doch! Hör gefälligst zu."

Ich gab auf. „Also, sag schon."

„Das Wesen der Ewigkeit hat zwei Seiten."

Ich ächzte.

„Reiß dich zusammen. Sie hat einerseits

– sozusagen – eine nicht endende Ausdehnung, andererseits ist sie nur ein winziger Punkt. Verstanden?"

„Mach einfach weiter", sagte ich erschöpft, in der Hoffnung, es möge schnell vorbeigehen. Noch nie hatte ich mich so dumm gefühlt. Ich fragte mich, wie ich überhaupt dazukam, mich mit einer Katze über die Ewigkeit zu unterhalten, die vorgab diese zu leben, wo Philosophen aller Zeiten keine erschöpfende Antwort auf die Frage nach dem Wesen der Ewigkeit hatten finden können. Ich stützte den Kopf in die Hand und schloss die Augen.

„Wie schon gesagt, macht es wenig Sinn, etwas nicht Endendes erfassen zu wollen."

Dem konnte ich folgen. Ich richtete mich auf. „Weiter."

„Deshalb ist es besser, sich den Punkt zu betrachten."

„Akzeptiert. Und? Was ist dieser Punkt?"

„Ganz einfach: Jetzt!"

„Wie bitte?"

„Jetzt."

„Was soll das denn wieder heißen?"

Der Hut seufzte tief. „Es wäre auch zu schön, wenn du etwas gleich auf Anhieb verstehen würdest."

Ich verdrehte die Augen. „Und du bist der absolute Blitzmerker, was?"

„Wenigstens das hast du kapiert."

Ich konnte nicht anders, ich musste lachen. „Mach weiter, damit wir mal zum Ende kommen."

Das Geräusch, das jetzt unter dem Hut hervordrang, faszinierte mich. Es war das erste Mal, dass ich eine Katze kichern hörte.

„Da reden wir die ganze Zeit von der Ewigkeit und du sprichst vom Ende? Oh, ihr Menschen! Ihr seid ja wirklich manchmal anstrengend, aber man kann sich bei euch so herrlich amüsieren.

„Ha, ha! Mach weiter, bitte. Was soll das mit ,jetzt'?"

„Ich meinte das *Jetzt*. Die Zeit nimmst du wahr auf dreierlei Art: als Vergangenheit, als Gegenwart und als Zukunft. Die meisten Menschen leben entweder in der Vergangenheit, weil sie nicht loslassen können, oder in der Zukunft, weil sie die Gegenwart nicht mögen."

Chapeau unterbrach sich und warf mir einen lauernden Blick zu, den ich nicht verstand. Dann fuhr sie fort: „Die Ersteren sagen: ,Was waren die alten Zeiten doch schön'. Letztere wissen genau, was sie mal tun werden, wenn sie nur dies oder das dann irgendwann hätten, oder tun könnten und das, worauf sie warten, kommt nie. Keiner von ihnen lebt in der Gegenwart. Leider leben die meisten Erwachsenen so. Kinder nicht. Kinder leben in der Gegenwart. Ach Kinder! Ich liebe sie."

„Kannst du mal zum Kern der Sache kommen, bitte?" Langsam begann mich das Gespräch zu faszinieren.

„Der Kern der Sache. Was für ein schönes Bild. Der Kern einer Frucht ist ein Keim, in dem alles zur gleichen Zeit drinsteckt: von der Idee des Baumes, bis zum Tag seines Sterbens. Alles drin – gleichzeitig. Der Kern der Ewigkeit ist das *Jetzt*. Im *Jetzt* ist alles enthalten: alles Vergangene bis dahin und alles Zukünftige ab da."

Ich beugte mich fasziniert vor. „Und du meinst, wenn ich das *Jetzt* verstehe, verstehe ich die Ewigkeit?"

Ein abgrundtiefes Seufzen folgte dieser Frage. „Komm aus deinem Kopf raus, mein Freund. Du wirst die Ewigkeit nie verstehen, weil man sie nicht verstehen kann. Man kann nur in ihr sein, und zwar, indem man im *Jetzt* lebt. *Jetzt!* Es gibt überhaupt nichts anderes als das *Jetzt*."

Das war mir jetzt zu hoch. „Wie?"

„Du bist immer nur im *Jetzt*, nie in der Vergangenheit oder der Zukunft."

„Unsinn! Gestern war ich auch und das Gestern ist vergangen."

„Jaha, aber als du zu irgendeinem gedachten Zeitpunkt gestern warst, war dieser Zeitpunkt im Gestern auch: *Jetzt*. Sein kannst du immer nur im *Jetzt*. *Sein*, wohlgemerkt, achte darauf. In Gedanken kannst du sein wo und wann immer du willst, nur du selbst kannst auch denkend nur im *Jetzt* *sein*."

Ich fasste den Kopf mit beiden Händen, als könnte ich so das Gehörte besser begreifen. „Und das *Jetzt* ...?"

Chapeau lachte leise. „Bemüh dich nicht. Man kriegt es nicht zu fassen. In dem Moment, in welchem du meinst, es gefasst zu haben, ist es schon gewesen. Du musst nur *jetzt sein*, das ist alles. Wenn dir das gelingt, hast du keine Fragen mehr. Als du eben ganz und gar im Augenblick des Genusses warst, warst du ganz und gar im *Jetzt*. Deshalb war es lustig, als du sagtest, du wolltest ewig weiter so genießen. Du *warst* völlig im Ewigen, denn du warst im *Jetzt*."

„Oh!" Ich versuchte, das Gefühl jenes

Moments wiederzubeleben, was mir nicht gelang.

„Ich fürchte, es ist sehr schwer, immer im *Jetzt* zu sein", sagte ich schließlich.

„Ich habe nicht behauptet, es sei leicht. Für Menschen ist es wirklich schwer. Tiere haben damit keine nennenswerten Schwierigkeiten. Sie leben meist im *Jetzt*. Wenigstens die wilden."

„Weil sie nicht darum wissen?"

„Nein, weil sie einfach *sind*."

„Und du?", fragte ich lauernd.

„Ich? Ich bin Chapeau Chatte."

Ich lehnte mich in meinem Stuhl zurück und brach in ein befreiendes Gelächter aus. „Chapeau, du bist einmalig."

„Selbstverständlich", kam es würdevoll zurück, „was sonst."

Schein und Sein

„Welchen seltenen Gast sehe ich denn da wieder mal?", fragte ich ironisch, als der Hut sicher auf meinem Schreibtisch landete.

„Ja, wen wohl? Sag mal", kam die freundliche Aufforderung, während Chapeau die graupelzigen Pfoten einzog und der prächtige Schwanz sich um die Hutkrempe legte wie ein Pelzbesatz.

Ich kaute gerade an einem besonders fiesen satztechnischen Problem herum und war für die Ablenkung ganz dankbar.

„Na gut!" Ich lehnte mich in meinem ergonomisch gestylten Schreibtischstuhl zurück und verschränkte die Arme über der Brust. „Wollen mal schauen. Was sehe ich? Ich sehe erstens eine graue Katze unter einem Hut, zweitens einen wunderschönen Schwanz, der die Krempe des Hutes umrahmt, drittens zwei hübsche grüne Augen, die mich durch zwei Löcher des Hutes aufmerksam betrachten. Korrekt?"

Das geschmeichelte Schnurren, welches meine Ausführungen begleitet hatte, brach ab.

„Hm! Nicht wirklich."

Ich verdrehte die Augen und hob hilflos die Hände. „Das hätte ich mir ja denken können. Na, dann hilf mir mal weiter."

„Absolut recht hast du, was die Schönheit meines Schwanzes und meiner Augen betrifft ..."

Ich warf den Kopf zurück und lachte schallend. „Das hatte ich schon vermutet", keuchte ich schließlich, „weiter?"

Ein freundlicher Blick traf mich. „Der dritte Punkt stimmt ganz und gar. Da gibt es nichts einzuwenden."

„Man ist auch für kleine Gaben dankbar." Ich musste mich immer noch schwer beherrschen, um nicht wieder loszugiggeln, denn irgendwie hatte dieses Spielchen etwas Komisches.

Chapeaus Augen verdrehten sich genervt. „Sei mal bitte so ernst, wie es diesem Thema angemessen ist."

„Ernst ...?", begann ich, doch ein unwirsches ‚Scht!' schnitt mir das Wort ab.

„Was den zweiten Punkt betrifft, stimmt etwas nicht ganz: Du kannst nicht behaupten, dass du einen – wenn auch wunderschönen! – Schwanz siehst, der den Hut umrahmt ..."

„He, ich bin doch nicht blind ...", begann ich, doch ich wurde ebenfalls unterbrochen.

„Soweit es deine Augen betrifft, stimme ich dir zu. Was deine Blindheit in Bezug auf präzises Denken betrifft, widerspreche ich dir."

„Aber dein Schwanz umrahmt doch den Hut!"

„Das sagst du. Aber woher weißt du das?"

„Na hör mal, ich bin doch nicht blöd! Das sehe ich doch und ..."

„Nein, das siehst du nicht. Umrahmen heißt *Um*rahmen, mit anderen Worten: Etwas, das ein Anderes umrahmt, geht um das Andere herum."

„Ja, eben, das ist, was ich sagte: Ich sehe, dass ..."

Jetzt wurde Chapeau ungeduldig: „Nein, du siehst das eben nicht. Das Einzige, was du sagen könntest, wäre: Ich sehe einen Hut, um dessen Vorderseite, soweit sie mir sichtbar ist, ein silbergraues Etwas gelegt ist, in dem ich einen Katzenschwanz vermute, welchen ich – das wollen wir doch nicht vergessen – wunderschön finde."

Ich starrte die kleine Ungeheuerlichkeit vor mir auf dem Schreibtisch sprachlos an.

„Vorderseite", murmelte ich belämmert,

„vermute ... äh ..." Ich schüttelte verwirrt den Kopf und versuchte zu erfassen, was ich eben gehört hatte. Langsam dämmerte mir, worauf meine selbsternannte Lehrmeisterin hinauswollte.

„Du meinst ..." ich zögerte.

„Ja?"

„Der entscheidende Punkt ist, die Betonung des Wortes SEHE."

„Bingo." Die Augen wurden schmal vor Vergnügen. „Dann versuch dich jetzt mal am ersten Punkt, mein Freund."

„Was war das noch mal?"

„Dein Gedächtnis ist aber schon kurz ..."

„Ja, ja, geschenkt. Hilf mir einfach."

„Na gut: Du sähest eine graue Katze unter einem Hut, sagtest du."

„Oh", ich räusperte mich verlegen, „tja, unter dem Aspekt ist das natürlich ziemlich ..."

„Nachlässig?", half mir das Vieh aus.

„Wenn du meinst", brummte ich. Dann faltete ich die Hände auf der Schreibtischplatte und versuchte mich zu konzentrieren.

„Also, zugegeben, ich sehe keine graue Katze."

„Sondern?"

„Einen blassbraunen Schlapphut, unter welchem eine Katze steckt."

„Nein."

„Was?"

„Nein, du siehst nicht einen Hut, unter dem eine Katze steckt, sondern einen Hut, der zwei Löcher hat, aus denen hübsche Augen schauen und ab und zu vier graue Pfoten und ein wunderschöner Schwanz. Dass jemand darunter steckt, der behauptet, wohlgemerkt, behauptet, eine Katze zu sein, das WEISST du, das siehst du nicht. Ob das aber wirklich stimmt, ist eine ganz andere Frage."

Langsam hatte ich das Gefühl, mein Gehirn sei eben dabei, sich zwei weitere Windungen zuzulegen. „Aber du ..."

„Ja, ich weiß. Ich habe gesagt, ich sei eine Katze, aber ob ich eine bin, kannst du nicht mit Sicherheit sagen, trotz der Pfoten, des Schwanzes und der Augen. Du hast es noch nie wirklich gesehen."

„Aber was könntest du denn dann sein?"

„Was weiß denn ich? Für unsere Diskussion ist das ganz irrelevant."

„Du machst mich fertig, weißt du das? Du wirfst meine ganze Wahrnehmung über den Haufen."

„Wunderbar. Das wollte ich auch. Das ist unabdingbar nötig, wenn du dem, was tatsächlich wahr ist, nahekommen willst. Denn bisher hieltest du für wahr, was du für wahrgenommen hattest. Da das, was du für *wahr nimmst*, bei dir – wie bei den meisten Menschen übrigens – jedoch so unpräzise erfolgt, lebst du eigentlich in einer Art von Scheinwelt falscher Wahrnehmungen."

Ich war völlig erschlagen. Es hielt mich nicht mehr auf dem Stuhl, und ich begann nervös vor dem Schreibtisch hin und her zu gehen.

„Aber wenn das so ist", sagte ich schließlich, „dann ist ja in diesem Sinn nur das korrekt oder wahr, was ich jetzt gerade sehe. Dann kann ich ja schon nicht mehr sicher sein, ob das Regal, das hinter mir steht, wirklich da ist, denn im Moment sehe ich es ja nicht."

„Das stimmt!" Ich hätte geschworen, dass die ‚Nur-vielleicht-Katze' unter ihrem verblichenen Deckel grinste.

„Du kannst nicht wirklich sicher sein, dass das Regal da ist, wenn du ihm den Rücken kehrst. Egal, worum es geht, du kannst es nie wissen."

„Aber die Erdkugel, Amerika, Mars oder Venus ..."

„Du weißt nur, dass das Stückchen Fußboden, auf dem du stehst, da ist, sowie dein Stuhl, die Ecke deines Zimmers, die du vor dir hast, dein Schreibtisch, der Hut mit ‚jemandem' drunter und die Kleinigkeiten, die du sonst noch so siehst."

Ich hatte das Gefühl einen Luftballon auf dem Hals zu haben statt eines Kopfes. „Aber die Straße vor dem Haus ..."

„Um dir dessen sicher zu sein, dass sie da ist, musst du aufstehen und hinaussehen oder hinuntergehen. Und was Amerika betrifft, musst du glauben, dass es existiert, wenn du noch nicht dort warst. Und selbst wenn du in Amerika warst, kannst du lediglich sagen, dass jeweils der Teil von Amerika, den du gesehen hast, als du dort warst, existent war, damals. Aber ob das alles jetzt noch da ist, kannst du nicht mit Sicherheit sagen. Man behauptet, es existiere, aber woher willst du wissen, dass es in diesem Augenblick wirklich dort ist, wo du es vermutest?"

„Historiker! Bücher!"

Chapeau kicherte.

„Du schreibst den ganzen Tag Bücher, und was von den Welten, die du entstehen lässt, existiert wirklich? Und Mars und Venus? Warst du schon einmal ...?"

„Hör auf! Das ist ja furchtbar. Wenn das so weitergeht, bleibt von dem mir bekannten Universum nichts mehr übrig."

„Dem dir bekannten? Wie viel davon ...?"

„Schluss!" Entschlossen erhob ich mich und blickte auf Chapeau hinab.

Eine kleine Pfote schob sich unter der Krempe hervor, bog sich nach oben und die grünen Augen schauten ganz fasziniert dem Spiel der Krallen zu, die sich abwechselnd hervorschoben und wieder verschwanden.

„Und jetzt?", fragte ich sehr beunruhigt.

„Jetzt? Jetzt musst du, scheint mir, erstmal wirklich nachdenken und alles verdauen."

Ich nickte ergeben. „Das scheint mir wahrhaftig auch so."

„Dann also, geh zum Kastanienbaum, mein Lieber ..."

„Von dem ich nicht mit Sicherheit sagen kann, ob er jetzt gerade wirklich im Garten steht, der vielleicht auch gar nicht da ist?"

Ein abgrundtief geheimnisvoller Blick traf mich. „Jetzt nicht, aber wenn du hinausgehst, wird er da sein."

Ich stemmte die Fäuste in die Hüften. „So, so! Und das sagst du mit einer solchen Überzeugung, nachdem du mich so durcheinandergebracht hast?"

„Natürlich. Ich kenne doch das große Geheimnis."

„Wie konnte ich das nur vergessen", es gelang mir nicht, die Ironie ganz aus meiner Stimme herauszuhalten, „und was ist das für eins?"

„Geheimnisse teilt man ja eigentlich nicht mit. Aber weil du es bist: Wir schaffen uns die Welt in jedem Augenblick selbst neu." Das reichte.

Ich wandte mich um und stapfte durch das Wohnzimmer über die Veranda in den Garten. Alles war wie immer.

„Ha", brüllte ich ins Arbeitszimmer zurück, „die gute alte, immer gleiche Kastanie ist noch da!"

Die Antwort kam leise, fast gelangweilt: „Das denkst du. Die gleiche mit Sicherheit nicht!"

Ich stand vor dem herrlichen Baum, der eben dabei war, die ersten Früchte zu entwickeln, und ich hatte plötzlich das Gefühl, ihn noch nie wirklich gesehen zu haben.

„Hallo, Kastanie", sagte ich ehrfürchtig, „ich freue mich, dich kennenzulernen. Willkommen."

Dann ließ ich mich nieder, lehnte den Rücken an den borkigen alten Stamm und schloss die Augen. Das leise Flüstern der Blätter über mir hieß mich willkommen.

Ich hatte wieder einmal den Kürzeren gezogen, ohne dass ich hätte sagen können, warum. Chapeau hatte mich wie so oft von der Arbeit abgehalten, und ich hatte der Hoffnung Ausdruck gegeben, sie möge mich doch bitte allein lassen.

„Weil es dir nur alleine gut geht", hatte sie zynisch gekontert.

„Genau! Du brauchst gar nicht so blöd zu tun. Habe ich nicht recht damit?"

„Natürlich hast du recht. Es geht dir alleine gut. Nur heißt das noch lange nicht, dass richtig ist, was du sagst."

Ich warf dem Hut einen völlig konsternierten Blick zu. Der unbezwingbare Wunsch überkam mich, Chapeau zu schütteln, bis ihre kleinen scharfen Reißzähne klapperten.

„Was? Es ist nicht richtig, was ich sage, aber dennoch habe ich recht? Das widerspricht sich doch, Mensch!"

„Ich bin kein Mensch! Das nur der Vollständigkeit halber. Und ehrlich gesagt wäre es mir auch äußerst unangenehm, einer zu sein, weil ..."

„Geschenkt! Ich wäre auch nicht scharf drauf, eine Katze zu sein."

Die Schwanzspitze, die unter dem Hut hervor über die Sofalehne baumelte, begann gefährlich zu zucken. „Ich bin nicht nur eine Katze, ich bin ..."

„Ja, ja, ja! Lass es einfach!"

Der Schwanz beruhigte sich wieder, und ich hätte geschworen, dass sich die Winkel dieser frechen, zu Schlitzen gezogenen Augen spöttisch kräuselten. Ich begann langsam zu kochen. „Erklär mir bitte, weshalb ich recht habe, obwohl nicht richtig ist, was ich sage."

„Das ist ganz einfach. Du siehst nur deshalb einen Widerspruch darin, weil du die Nuancen nicht beachtest. Das ist, nebenbei bemerkt, eine fatale Nachlässigkeit für einen Schriftsteller." Die Augen schickten mir den tadelnden Blick einer Gouvernante herüber.

„Dann sag mir zuerst, inwiefern ich recht habe." Ich wollte mich nicht wie einen Schüler behandeln lassen, hatte aber den unangenehmen Verdacht, dass mein Gegenüber genau das tat.

„Nun", antwortete Chapeau freundlich, „du hast recht, wenn du sagst, dass es dir besser geht, wenn du alleine lebst."

„Na also!"

„Vordergründig!"

„Vordergründig?"

„Ja! In Wirklichkeit geht es dir nicht besser damit. Niemand sollte alleine leben. Einsamkeit verhärtet."

„Also, ich ...!"

Chapeau sprach ungerührt weiter: „Zumindest sollte niemand alleine leben, der es unfreiwillig tut."

„Ich lebe völlig freiwillig alleine!"

Ein ungemütliches Schweigen breitete sich aus, und ich starrte den Hut herausfordernd an. Doch schließlich senkte ich die Augen vor diesem scharfen grünen Blick.

„Natürlich."

Die feine Ironie in Chapeaus Tonfall erreichte mich, und plötzlich überkam mich der Drang zu fliehen. Doch ich blieb.

„Ich verstehe immer noch nicht ganz den Unterschied zwischen *recht haben* und *nicht richtig* in diesem Fall, Chapeau."

„Nun, von deinem Standpunkt aus hast du recht, wenn du sagst, es geht dir besser alleine. Von meinem Standpunkt aus ist nicht richtig, was du sagst, denn du machst dir etwas vor."

Ich konnte die, wie ich fand, Arroganz

dieses grauen Teufels nicht mehr ertragen und explodierte: „Verdammt noch mal! Das ist doch ungeheuerlich. Ich hab alle Anstrengungen unternommen, mir ein ungestörtes Refugium zu schaffen, in dem ich in aller Ruhe meinem kreativen Werk nachgehen kann! Dann kommt so eine hergelaufene Straßenkatze mit einem verlausten Hut daher, stört Tag für Tag meine Kreise und fängt dann auch noch an, mich zu therapieren! Das ist unerhört!" Ich holte tief Luft und fuhr fort: „Wenn ich einen Therapeuten brauche, suche ich mir einen. Vielen Dank! Ihre Dienste werden nicht mehr benötigt, Madame Chatte! Geh zum Teufel, du widerliches Vieh!"

Ich stand keuchend, mit geballten Fäusten vor dem Hut, unter dem ein völlig erstarrter Schwanz hervorlugte. Der Blick der grünen Augen machte einer Gletscherspalte Konkurrenz.

Langsam erhob sich der Hut, vier graue Pfoten kamen zum Vorschein, und Chapeaus Stimme klang so verletzt, dass mir ein Schauder über den Rücken kroch: „Mein armer Freund! Du weißt nicht, was du da redest. Was mich betrifft, wäre ich gar nicht da, wenn du nicht gerufen hättest ..."

„Ich …"

„Schweig! Man kann auch rufen, ohne es zu ahnen, genau genommen geschieht das häufiger als umgekehrt. Dass du mich zum Teufel schickst, nehme ich dir nicht übel, denn an dieser Stelle war so etwas zu erwarten …"

„An welcher Stelle …?"

„Sei still! Wobei ich nicht die Absicht habe, zu diesem Herrn in nähere Beziehung zu treten. Er ist mir nicht sonderlich sympathisch."

„Chapeau, ich …"

„Ja, ja, ja! Schon gut. Aber was ich dir wirklich übel nehme, ist der verlauste Hut. *MEIN HUT IST NICHT VERLAUST,* merk dir das! Und der Gipfel von allem: *ICH BIN KEINE STRASSENKATZE, ICH BIN …!"*

„Ich weiß, ich weiß, du bist …"

„*HALT DIE KLAPPE! ICH BIN CHAPEAU CHATTE!!!"*

Mit diesen Worten glitt der Hut vom Sofa und stakte steifbeinig und ungemein würdevoll auf die Veranda hinaus. Dort blieb er stehen, wandte sich noch einmal zu mir zurück und fauchte: „Ich werde fürs Erste meiner Wege gehen und dich deiner selbst gewählten Einsamkeit überlassen. Salut!"

Chapeau machte ein paar Schritte und wandte sich noch einmal um: „Mein armer, armer Freund."

Ich konnte nicht unterschieden, ob das zynisch oder liebevoll gemeint war.

Als der Hut schließlich in den Garten glitt, klang es leise, aber deutlich hörbar zu mir herüber: „Straßenkatze ... verlaust ... ph!"

Dann wurde es still.

Ich stand noch immer in meinem Wohnzimmer und starrte verstört auf die leere Veranda hinaus. Jetzt *war* ich alleine, aber es fühlte sich nicht so an, wie ich erwartet hatte. Schließlich ging ich in mein Arbeitszimmer hinüber und setzte mich an den Schreibtisch.

Aber ich schrieb nicht, sondern starrte lange blicklos aus dem Fenster.

Ich saß eines Morgens an meinem Tisch in der Küche und kaute lustlos an einem Marmeladenbrot. Seit Tagen fehlte mir die nötige Ruhe, um meine Arbeit fortzusetzen. Genau genommen fehlte sie mir, seit Chapeau, geladen wie eine Strandhaubitze kurz vor dem Platzen über meine Veranda ins Nirgendwo stolziert war.

Eben schnitt ich eine weitere Brotscheibe ab, als sich wie aus dem Nichts der schäbige verblichene Hut auf dem Küchentisch materialisierte. Ich verschluckte mich vor Schreck so gründlich am letzten Bissen, dass ich begann, mir die Seele aus dem Leib zu husten.

„Bist du erkältet?", kam die scheinheilige Frage, „oder ist dir etwas im Hals stecken geblieben, was du nicht hinunterbringst?"

Ich war außerstande zu antworten. Ich kämpfte mit dem Tod durch Ersticken.

„Ts, ts, ts, das hört sich ja gar nicht gut an. Vielleicht solltest du mal mit Salbeitee gurgeln."

Gurgeln! Diese Vorstellung gab mir die

Kraft, mich vom letzten Krümel des Marme-
ladenbrotes zu befreien, der sich bis dahin
nicht hatte entscheiden können, ob er hinab
oder hinauf wollte. Mit einem pfeifenden
Keuchen sank ich auf meinem Stuhl zusammen.

„Oh Gott, oh Gott", fiepte ich erschöpft,
während ich mir selbst einige herzhafte
Schläge auf den Brustkorb verpasste.

„Ich nehme nicht an, dass du mich damit
meinst. Göttlich bin ich keineswegs. Du
darfst mich weiterhin Chapeau Chatte nennen."

Ich starrte das unglaubliche Wesen auf
meinem Frühstückstisch an, und plötzlich
stieg ein nicht zu unterdrückendes gurgeln-
des Lachen tief aus meinem Bauch empor,
das mich schüttelte, als wollte ich bersten.

Die grünen Augen beobachteten mich
scharf, und als das Lachen endlich verebb-
te, klang es säuerlich unter dem Hut hervor:
„Vielleicht kannst du mir mitteilen, was so
lustig ist, dann kann ich eventuell mitlachen.
Wobei ich das eher nicht vermute. Deine Art
von menschlichem Humor nötigt mir selten
ein Lachen ab."

„Ach, Chapeau, ich ...", das Wort wollte
mir im Hals stecken bleiben. Ich war etwas

außer Übung mit derlei Gefühlsäußerungen, aber ich gab mir doch einen Ruck. „Ich bin einfach so froh, dass du wieder da bist, meine kleine Freundin."

„Wirklich?", der Blick der grünen Augen wurde milde.

„Unglaublich froh. Ja! Und, Chapeau, es tut mir leid, dass ich dich verletzt habe und ..."

Ich wurde unterbrochen. „Ach, vergiss es. So was kommt gelegentlich vor zwischen Freunden. Wenn es nicht so wäre, würde der Freundschaft etwas fehlen. Und Freunde sind wir ja ... oder?"

„Oh ja. Ja!" Ich schoss von meinem Stuhl hoch. „Hast du schon gefrühstückt?", fragte ich eifrig, „ich hab ..."

Der Hut ruckte interessiert. „Du hast wirklich alles da?", kam die atemlose Frage.

„Ja."

„Obwohl du nicht wusstest, dass ich komme?"

Ich wurde verlegen und machte mir angelegentlich am Kühlschrank zu schaffen. „Na ja, ich wusste zwar nicht, ob du wiederkommst und wann, aber ich habe vorsichtshalber immer ..."

Sie unterbrach mich, und ihre Stimme hatte noch nie so geklungen: ein wenig atemlos, ein wenig gerührt und sehr, sehr sanft. „Du hast jeden Tag meine Lieblingssachen gekauft?"

„Na ja", ich tauchte mit hochrotem Kopf aus den Tiefen meines Kühlschrankes wieder auf und stellte das Schüsselchen mit Sahne wie zufällig auf den Tisch. Dann brockte ich das frische Croissant hinein, wie ich es früher auch immer getan hatte und legte ein Päckchen mit drei Scheiben Lachsschinken daneben, „ich dachte, du hättest vielleicht Hunger, wenn du kommst, und ..."

Wie eine gefräßige Qualle stülpte sich der Hut über das Schüsselchen, und das genießerische Schlürfen machte alle Erklärungen überflüssig.

„Mm, superb, absolut superb", nuschelte Chapeau entzückt, „delikat dieses Croissant. Hast du den Bäcker gewechselt?"

Ich schüttelte den Kopf.

„Nein, nicht wirklich. Du hattest nur vielleicht keins mehr in den zwei Wochen, in denen du weg warst. Deshalb schmeckt es doppelt gut."

Das Schmatzen verstummte kurz, aber Chapeau kommentierte diesen Erklärungsversuch nicht und begann schließlich weiter zu fressen.

„Oho, oho, was ist denn da noch?", tönte es nach einigen Minuten voller Entzücken. Ich hörte ein aufgeregtes Geraschel, als sich Chapeau über das Päckchen hermachte, das ich neben die Sahneschüssel gelegt hatte. Dann wurde es kurz still. Als Chapeau weitersprach, klang es, als zittere ihre Stimme ein wenig. „Ist das wirklich das, was ich denke?", fragte sie ergriffen.

„Was denkst du denn?"

„Sind das drei dieser herrlichen, einmaligen rosaroten Schinkenläppchen, die du mir damals so gierig vor dem Mund weggeschnappt hast?"

Ich musste lachen. Weggeschnappt war für mich etwas anderes als das, was wirklich passiert war. Aber ich war nicht nachtragend. „Wenn du Lachsschinken meinst, ja, dann ist es das."

„Und der ist wirklich für mich? Von Anfang an nur für mich gedacht?"

„Ja. Extra für dich gekauft."

„Auf Verdacht?"

„Auf Verdacht."

„Jeden Tag aufs Neue?"

„Ja, jeden Tag."

Eine Weile war es still. Dann schob sich plötzlich eine hellrosa Scheibe unter dem

Hut hervor, gerade so als hätte sie ein Eigenleben.

„Da", erklang es großmütig, „das ist für dich. Wir wollen teilen."

Gerührt ergriff ich die Lachsschinkenscheibe und aß sie langsam und andächtig, begleitet von dem beglückten Schmatzen, das unter dem Hut hervorkam.

Schließlich war das Katzenfrühstück beendet, und der Hut begann satt und zufrieden zu schnurren. Die grünen Augen blinzelten schläfrig aus den ungleichen Löchern, und ich selbst lehnte mich zurück, faltete die Hände auf dem Bauch und ließ den Kopf auf die Brust sinken. Ein ungewohntes Gefühl des Wohlbehagens erfüllte mich, und ich wusste, dass ich mich gleich an den Schreibtisch setzen und loslegen würde. Ich war wunschlos glücklich. Alles war perfekt!

Fast hätte ich die Frage überhört: „Und, welche Schrift hast du gestellt, während ich weg war?"

Ich kniff die Augen zusammen und schielte zu dem Hut hinüber.

„War das jetzt eine rhetorische Frage oder meintest du sie ernst?"

Ein feines Kichern erscholl, dann schlossen sich die Augen. Ich konnte mir ein

Lächeln nicht verkneifen. Dann ließ auch ich die Lider sinken und dämmerte vor mich hin. Als ich gerade vollends am Einnicken war, hörte ich noch ein leises: „Ich meine immer alles ernst."

Dann wurde es ganz still.

Ich – Paul

Ich lag wohlig ausgestreckt in der Badewanne, hatte die Augen geschlossen und ein Glas Scotch in Griffweite. Chapeau schnurrte mir gegenüber auf dem Wäschekorb einen verträumten kleinen Katzensong vor sich hin. Es war ein Moment absoluter Harmonie.

„Mm!", brummte ich genießerisch, „ich könnte glatt vergessen, wer ich bin."

Das Schnurren endete abrupt.

Ein ironisches: „Ach ja!", klang vom Wäschekorb herüber.

Ich öffnete ein Auge. „Was heißt: ‚Ach ja'?"

„Ach ja heißt: Ach ja! Du könntest vergessen, wer du bist? Wie kann man vergessen, was man gar nicht wusste?"

Ich öffnete das andere Auge und richtete mich auf. „Nicht wusste? Na hör mal!"

„Ich höre!"

„Du hast Nerven." Ich glitt ins Wasser zurück, nahm das Glas und prostete dem Hut zu.

„Darf ich vorstellen: Ich bin Paul! Paul Marohn, meines Zeichens Schriftsteller." Der Scotch war köstlich.

„Paul also! Aha!"

„Ja, aha!" Der hatte ich es gegeben!

„Das bist du nicht!"

Ich verschluckte mich an dem Whisky und begann fürchterlich zu husten, wobei mir ein Teil der kostbaren Flüssigkeit aus der Nase rann.

„Tief durchatmen", befahl das Untier.

„Du hast gut reden!" Meine verätzten Bronchien pfiffen.

„Ich weiß, ich rede immer gut!"

Mit einem abschließenden Keuchen wischte ich mir die Tränen aus den Augen und schickte einen bitterbösen Blick zu dem vermaledeiten Hut hinüber. „Du könntest mich wirklich warnen, bevor du solche Breitseiten abfeuerst. So ein Quatsch! Wer sollte ich denn sein, wenn nicht Paul?"

„Du! Nur du!" Ich hatte gute Lust, den Hut mit dem Glas von der Truhe zu fegen.

„Na klar", zischte ich, obwohl ich eigentlich gar nicht hatte antworten wollen, „wer sonst als ich."

„Richtig! Darin stimme ich dir zu", kam es gönnerhaft zurück.

„Hä?"

„Oh heilige Bastet! Weshalb sind sie bloß so begriffsstutzig?"

„Wer?"

„Die Menschen."

„Ach, rutsch mir doch den Buckel runter!"

„Wenn du meinst. Dafür solltest du allerdings aus dem Wasser ..."

„Chapeau, hör auf! Nimm doch nicht alles so wörtlich! Erklär mir lieber, weshalb ich nicht Paul sein soll, der ich erwiesenermaßen mein Leben lang war, zumindest bis jetzt."

Die grünen Augen musterten mich durchdringend. „Als du ein Kind warst, hast du da ausgesehen wie jetzt?"

„Wie?"

„Rede ich so undeutlich? Oder bist du schwerhörig?"

„Hm! Also – nein, natürlich nicht."

„Aha."

„Aha?"

„Ja, aha! Wenn du als Siebenjähriger sagtest: ‚Ich bin Paul.', was sahst du da im Spiegel?"

„Einen zierlichen dunkelhaarigen Jungen mit Stupsnase und Zahnlücken."

„Und das war Paul?"

„Ja, sicher, wer sonst?" Ich schnaubte ungeduldig.

„Und heute? Was siehst du im Spiegel,

wenn du sagst: ‚Ich bin Paul?'" Ein lauernder Blick traf mich, den ich geflissentlich übersah.

„Einen kräftigen, großen Mann mit dunklen Haaren, Pferdeschwanz, Stirnglatze und Vollbart."

„Aha!"

Ich sagte nichts.

„Und welcher ist nun der richtige Paul?"

Schweigen.

„Na?"

Ich griff nach dem Glas, doch es war leer.

„Sag schon!"

„Beide", brummte ich unwirsch.

„Oder keiner. Oder alle."

„Wieso alle?"

„Nun, du kannst dieses Spielchen fortsetzen. Wen hast du mit fünfzehn im Spiegel gesehen, mit zwanzig, mit siebenundzwanzig, mit …"

„Ja, ja! Hör schon auf! Ich hab verstanden."

„Gratuliere! Du steigerst dich."

Ich verdrehte die Augen. „Damit ist noch nicht beantwortet, wer ich wirklich bin, wenn ich nicht Paul sein soll."

„Nun, gewissermaßen bist du natürlich Paul …"

„Haha."

„Lass mich doch ausreden! Paul ist die Maske, mit der du dich durch dieses Leben bewegst."

„Maske? Also bitte!"

„Natürlich! Das ist dein Inkognito. Alle Wesen auf der Erde sind gewissermaßen inkognito."

Ich versuchte, meine Gehirnwindungen zu entknoten. „Inkognito? So wie du?"

Chapeau lachte leise. „Mein Inkognito ist sozusagen doppelt. Aber das musst du nicht unbedingt verstehen."

„Wie großzügig! Was aber verbirgt sich dann hinter meiner Maske? Wenn es denn eine ist, was ich stark bezweifle."

„Das, was du wirklich bist."

Ich warf einen ironischen Blick zum Wäschekorb hinüber.

„Das ist doch ganz einfach", fuhr der Hut fort.

„Jaaa, klar."

„Natürlich. Der äußere Paul verändert sich ständig. Aber etwas verändert sich nie."

„Hilf mir bitte, damit es schneller geht! Das Wasser wird kalt, und ich will raus. Gib mir einen Tipp!"

Ein ungeduldiges Schnalzen drang unter dem Hut hervor. „Es ist ein Gefühl. Eines, das nur du hast – in der ganzen Schöpfung – nur du."

Scharf fixierte ich die grünen Augen, die mich amüsiert aus den Hutlöchern anfunkelten. „Ich glaube, ich verstehe."

„Natürlich. Es ist ja auch Chapeau Chatte, die dir die Dinge erklärt."

Ich musste lachen. „Du sagst es."

„Also, was ist es nun?"

„Ich! Es ist ich!"

„Richtig! ‚Ich' verändert sich nie. Es ist immer dasselbe. Das, was du empfindest, wenn du sagst: ‚Ich bin ich.', ist immer dasselbe. Jedes Mal."

„Jedes Mal? Was soll das heißen?"

„Wer löst das Rätsel?"

„Also, du kannst einem wirklich auf den Wecker gehen. Und du kennst die Lösung?"

„Natürlich."

„Und wieso?"

„Weil Katzen neun Leben haben. Wusstest du das nicht?"

„Man sagt es. Aber das ist doch Unsinn."

„Nein, ist es nicht."

„Okay, okay, du hast gewonnen." Dann fiel mir etwas ein: „Also ... wenn ich nicht wirklich Paul bin, dann bist du auch nicht wirklich Chapeau Chatte."

Ein zärtlicher Blick traf mich, als der Hut geräuschlos vom Wäschekorb glitt.

„Richtig. Nicht wirklich. Das bin ich nur diesmal." Anmutig stolzierte Chapeau auf die offene Tür zu. „In Wahrheit bin ich ‚Ich'. Jedes Mal. So wie du. Aber, meinst du nicht, es wäre Zeit fürs Abendbrot?"

Ich erhob mich gehorsam, stieg aus dem kalten Wasser und zog den Stöpsel.

„Du kannst von Glück reden, dass ich da bin, sonst würdest du sogar das Essen vergessen", tönte es von der Küchentür herüber.

„Oh, Chapeau Chatte!"

„Stets zu Diensten – Paul."

Der Kater

Wumm!   Wumm!
Wumm!
   Ich stöhnte laut,
grabschte nach dem Kopfkissen und zog es
mir über den Kopf. Das Wummern in meinem Schädel schwächte sich nur unwesent-
lich ab.
   „Chapeau, bitteee! Hör mit dem Lärm auf!!"
   „Lärm?" Die Stimme hatte das Volumen
einer Basstuba, die die komplette Oktave auf
einmal schmettert, und drehte sich wie ein
Gewindebohrer von der linken zur rechten
Schläfe quer durch mein Gehirn.
   „Ich schnurre."
   Ich hielt meinen Kopf mit beiden Händen
fest, um zu verhindern, dass er vom Bett
kullerte und röchelte: „Schrei doch nicht so!"
   „Ich schreie nicht, ich antworte ganz an-
ständig und angemessen auf deine unver-
ständlichen Vorwürfe. Aber mir scheint, bei
dir ist eine Schraube locker."
   Schraube! Schon das Wort allein ließ mich
aufjaulen.
   Jetzt schlich sich Besorgnis in die Basstuba-

Stimme: „Sag mal, bist du vielleicht krank?"

„Todkrank", flüsterte ich mit versagender Stimme. Mein Magen signalisierte mir die Notwendigkeit, mich für einen Spurt zur Toilette bereitzuhalten.

„Du Armer, wie nennt sich denn deine Krankheit?"

Ich fühlte zu meinem Magen hinunter. Es blieb noch genügend Zeit für eine Antwort: „Die Promille-Krankheit."

„Das hab ich ja noch nie gehört."

„Es gibt viel, was du noch nicht gehört hast, das wirst du gleich merken, wenn ich ..." Ich schoss hoch, stürzte auf die Toilette zu und erreichte sie gerade noch rechtzeitig, um mich auf höchst unelegante Weise von meinem Mageninhalt zu trennen.

Dass Chapeau nachgekommen war und nun voller Mitleid, aber auch höchst interessiert mein Elend beobachtete, war mir nicht recht. Da ich aber sowieso beschlossen hatte, jetzt und hier und auf der Stelle zu sterben, war es mir letztlich egal.

Meine Magennerven waren eben dabei, sich wieder ein wenig zu beruhigen, als es von der Tür interessiert herüberscholl: „Mir scheint, du hast unglücklicherweise etwas Schlechtes gegessen. Bloß gut, dass du anschließend genügend Gras gefressen hast, sonst ..."

Bei der Vorstellung, Gras zu fressen, hob sich mein Magen erneut, und ich hätte nichts dagegen gehabt, Chapeau mit hinunter zu spülen, als ich schließlich den Drücker betätigte. Immerhin ging es mir jetzt besser, und schon auf dem Weg ins Schlafzimmer begann das Dröhnen in meinem Schädel nachzulassen. Ich ließ mich wieder in meinem Bett nieder und zog die Decke vorsichtig über mich. Der Hut machte es sich neben mir auf der Matratze bequem.

„Wieso gehst du denn wieder ins Bett?"

„Weil es mir dreckig geht."

„Wegen dieser Promille-Krankheit? Woher kommt die denn?"

Ich seufzte. Aber es hatte keinen Sinn, drum herum zu reden: „Vom Saufen."

Ein konsternierter Blick senkte sich in meine trüben Augen.

„Also – ich nehme mal an, du meinst Trinken – ich bin vom Trinken noch nie krank geworden."

„Das glaube ich. Aber wenn du eine halbe Flasche Scotch ex trinken würdest, würdest du nicht nur krank, da wärst du tot. Tiere bringt so was nämlich ratz fatz um."

„Menschen nicht?"

„Wenn sie lange genug und genügend trinken, dann sterben sie irgendwann auch mal dran."

„Dann solltest du so eine Dummheit aber nicht machen."

Ich drehte mich auf den Rücken, legte den Kopf auf die gefalteten Hände und starrte an die Decke. Eine Zeit lang war es still.

„Einmal so eine Dummheit macht noch nicht viel aus ..." Die grünen Augen schickten mir einen erheiterten Blick herüber.

„Lass mich ausreden. Ich trinke öfter mal ein Glas Scotch oder auch ein Bier. In Maßen genossen, ist das in Ordnung. Besaufen tue ich mich selten. Sehr selten. Eigentlich nur einmal im Jahr."

Schon als der letzte Satz draußen war, wünschte ich, ich hätte ihn mir verkniffen. Chapeau hatte einfach zu feine Ohren. Und prompt kam die Frage: „Wieso das? Was ist denn einmal im Jahr?"

„Nichts." Doch es hatte keinen Sinn. Offensichtlich war der Augenblick gekommen, an dem ich nicht mehr ausweichen konnte.

„Mach mir nichts vor. Sag schon, weshalb betrinkst du dich einmal im Jahr? Und weshalb muss es Betrinken sein? Könntest du stattdessen nicht auch etwas anderes tun? Es ist doch dumm, wenn es dir nachher so schlecht geht."

„Etwas anderes bringt kein Vergessen." Die grünen Augen öffneten sich weit und starrten mich wie hypnotisiert an. Ich wollte diesem Blick ausweichen, aber ich konnte nicht.

„Aha."

Der Ton allein hätte mir normalerweise eine scharfe Antwort entlockt, aber ich war einfach zu fertig, um mich jetzt zu behaupten. Ich versuchte es auf andere Weise. „Chapeau", bat ich wimmernd, „warum musst du mich quälen?"

„Ich? Ich quäle dich nicht. Das erledigst du schon selbst. Und jetzt drück dich nicht um den heißen Brei herum: Was musst du vergessen?"

Ich wusste, wann ich verloren hatte. „Als ob du das nicht wüsstest."

Der Hut schien zu nicken, aber vielleicht brachten auch die Tränen, die mir in die Augen stiegen, diesen Eindruck hervor. Letztere waren kein Wunder, denn so elend hatte ich mich noch nicht oft gefühlt.

„Ist es ein Jahrestag?"

Ich zögerte. „Ja!", sagte ich schließlich.

Es war bei Chapeaus Hartnäckigkeit ja

doch nicht zu verhindern, also konnte ich es ruhig zugeben, ohne weiter um den heißen Brei herum zu reden. Beim Gedanken an heißen Brei, versuchte mein Magen, sich wieder zu heben, und ich schluckte hastig.

„Ihr Todestag?"

Ich konnte nur nicken.

„Der wievielte?" Chapeaus zärtlicher Ton trieb mir erneut die Tränen in die Augen, und ich wischte sie ärgerlich weg.

„Der ... fünfte."

„Dann kann ich dich sehr gut verstehen, mein Freund. Aber es ist nie gut, Kummer hinunterzuschlucken. Man erstickt sonst irgendwann, weißt du."

Was jetzt aus der Tiefe hochquoll war von so elementarer Gewalt, dass ich das Gefühl hatte, zerbersten zu müssen.

Ich schrie! Ich schrie, wie ich nicht gedacht hatte, überhaupt schreien zu können, und heulte mir die Seele aus dem Leib wie ein einsamer Wolf auf der Suche nach seinem Rudel. Ich weinte all die Tränen aus mir heraus, die in dem uferlosen See gefangen gewesen waren, zu dem mein Inneres in diesen fünf Jahren geworden war. Und als ich schließlich, nach Jahrhunderten, wie mir schien, erschöpft keuchend dalag, war es, als sähe ich am Grund des Sees eine ferne Perle leuchten. In mir war ein Frieden, von dem ich vergessen hatte, dass es ihn gab.

Langsam öffnete ich die Lider und sah den Hut, der ganz still neben mir lag, und die grünen Augen strahlten sanft zu mir herüber.

„Chapeau ...", begann ich leise, doch sie unterbrach mich: „Pst, mein Freund, sag nichts. Es sind keine Worte nötig, denn es gibt keine Frage mehr. Schlaf, schlaf einfach. Es ist gut."

Da schloss ich die Augen und trieb langsam davon wie ein Nachen auf einem Meer.

Poesie

„He! Kannst du nicht aufpassen, wo du hin-
läufst?"

Der Hut hatte auf der Suche nach einem
bequemen Plätzchen auf meinem Schreibtisch den Bleistiftständer von der Platte ge-
fegt. Ich tauchte in die kabelverschlungenen
Tiefen der Welt unter meinem Schreibtisch,
um das Stiftemikado wieder zusammenzu-
klauben.

„Ich passe immer auf", tönte es gelassen von der lichten Höhe über mir herab,
„aber du solltest dafür sorgen, dass du Platz
schaffst hier oben. Wenn du deine Sachen
im Weg herumstehen lässt ... tja!"

Ich tauchte wieder auf. Aus dem majestä-
tisch auf einem Manuskriptstapel thronen-
den Hut schauten mich die grünen Augen
mit den geschlitzten Pupillen vorwurfsvoll
an.

„Das ist *mein* Schreibtisch, du impertinen-
tes Geschöpf, und ich bin angewiesen auf
Ungestörtheit! Denn ich bin ein Schriftstel-

ler! Ein Wortkünstler! Ein Dichter! Wie soll ich ..."

Ich wurde unterbrochen. „Ein Dichter?"

„Ja! Ein Dichter muss in Ruhe dichten können und ..."

„Wie schön. Du stellst also nicht nur Schrift, sondern dichtest auch. Und was dichtest du?"

„Ich ... He, lass uns erstmal klären, wer hier auf dem Schreibtisch das Sagen hat!"

„Nun, das ist doch offensichtlich, meine ich. *Auf* diesem Schreibtisch sitze ich, du stehst davor. Also, was dichtest du?"

Ich sank in meinen Schreibtischstuhl und begegnete finster dem erwartungsvollen Blick der grünen Augen.

„Nun komm schon. Was dichtest du?"

„Wörter, die sich reimen", brummte ich.

„Reimen?"

„Ja!"

„Zum Beispiel?"

„Haus und Maus."

Stille.

„Wozu?"

„Was, wozu?"

„Wozu tut man so was?"

Ich verfiel in einen dozierenden Ton und hoffte, damit Chapeaus Eifer zu dämpfen:

„Das Gedicht ist verdichtete Sprache. Auf diese Weise können komplexe Inhalte in kurzer Form, oft auch symbolisch, ausgedrückt werden. Gedichte sind eine spezielle Form der Literatur. Ich liebe Lyrik."

„Lyrik! Was für ein poetisches Wort."

Poetisch! Ich lächelte. Was für ein bemerkenswertes Tier. „Du darfst sitzen bleiben", erlaubte ich großzügig und griff zum Bleistift.

„Nanu", wunderte sich der Hut, „wieso nimmst du dieses Schreibstäbchen? Ist der Apparat, mit dem du sonst deine Schrift stellst, kaputt?"

„Lyrik schreibe ich immer erst von Hand."

„Oh! Na dann!" Ein leises Schnurren erklang, das nach einiger Zeit abrupt endete.

„Dichte etwas für mich."

„Chapeau, ich … stör mich nicht."

„Bitte", schmeichelte sie. Wie sollte ich einer solchen Bitte widerstehen können? Ich konnte es nicht.

„Na gut. Was denn?"

„Irgendwas. Etwas Lustiges – mit Tieren."

„Mit Tieren – okay, was soll's."

Und ich reimte aus dem Stegreif, in der Hoffnung, dann in Ruhe weiterarbeiten zu können:

„Zwei Vögel standen an einem Bach
und dachten über Beute nach.
Beide hatten lange Schnäbel,
dünn und scharf, so wie ein Säbel.
‚Guck, Papa‘, rief ein kleines Kind,
‚was das für schöne Schwäne sind!‘
‚Quatsch‘, brummt der eine vor sich
hin,
‚weiß dieser Mensch nicht, was ich
bin?
Ich bin ein Reiher,
zum Geier!‘
‚Und ich‘, der andre, ‚bin ein Storch
aus Lorch!‘“

Eine lange Stille folgte, und Chapeau runzelte ihre nicht vorhandenen Brauen. „Hm! Das ist also dichten! Hm!“

Erneutes Schweigen.

„Und ... was bedeutet das jetzt?“

Ich fuhr mir genervt durch die Haare. „Wieso ... bedeutet?“

„Ich hatte das Gefühl, dichten sei eine bedeutsame Art, Schrift zu stellen. Aber ... was du gedichtet hast ... also ... ist das jetzt bedeutsam?“

Ich musste lachen. „Nein, überhaupt nicht. Es ist einfach etwas Lustiges – mit Tieren.

So, wie du es wolltest. Viel mehr ist es gar nicht. "

„So!"

„Aber es gibt auch poetische Texte, die sich nicht reimen. Es muss sich nicht unbedingt reimen. Der Rhythmus ist wichtig. Und natürlich gibt es Bedeutsameres als das eben ..."

„Aha! Na dann ... ich dachte schon ... nun, darüber muss ich meditieren."

„Meditieren! Eine meditierende Katze! Das glaubt mir keiner!"

Chapeau erhob sich und glitt vom Schreibtisch. „Nicht irgendeine Katze. Ich bin Chapeau Chatte!"

„Ja, ja! Und worüber meditierst du?"

„Darüber, was Menschen für Poesie halten."

„Was bist du doch überheblich! Willst du etwa behaupten, dass Tiere mehr darüber wissen als Menschen?"

„Wissen? Nein! Tiere *sind* Poesie."

„Sind ... Poesie ..." Ich verstummte.

Der Hut warf mir einen rätselhaften Blick zu. „Ja, das ist der Unterschied. Menschen meinen immer, sie müssten alles *machen*. Sie hätten es viel leichter, wenn sie einfach wären, was sie sind."

Auf samtleisen Pfoten verschwand Chapeau über die Veranda in den Garten.

Ich blieb an meinem Schreibtisch zurück und drehte den Bleistift zwischen den Fingern. Schließlich legte ich ihn weg und ging ebenfalls hinaus.

Das Bild

Ich lag mit dem Schraubenschlüssel unter dem Couchtisch, um lockere Muttern nachzuziehen, als sich der Hut in mein Sichtfeld schob.

„He, Chapeau, muss das sein? Hier ist es eh so eng. Bitte verzieh dich, bis ich fertig bin."

„Ouh, bist du heute grantig", kam es ungerührt zurück, aber zumindest machte es sich die Katze auf dem Sofa gemütlich, was mir der entspannt von oben herab hängende Schwanz signalisierte.

Schließlich tauchte ich wieder auf und wischte mir einige Staubflusen aus den Haaren.

„Saugen wäre auch mal nicht schlecht", brummte ich missmutig vor mich hin.

„Wegen mir brauchst du das nicht zu tun. Staubsauger sind unangenehm laute Gesellen. Und wer stört sich schon an einem bisschen Staub."

Ich lachte: „Na hör mal, wie steh ich denn

da, wenn mal Besuch kommt ...", ich unterbrach mich selbst und schaute geflissentlich an dem Hut vorbei.

„Besuch? Nun ja, das ist allerdings ein Argument."

Ich suchte nach Ironie in den geheimnisvollen Augen, aber da war keine. Sie schauten ganz ernsthaft und verständnisvoll zu mir herüber.

„Was schaust du so?", fragte Chapeau.

„Na ja, ich dachte, du ziehst mich auf ... wegen der Sache mit dem Besuch. Ich kriege ja eigentlich keinen, zumindest hatte ich schon lange keinen mehr."

„Und früher?"

„Früher schon. Vorher ... du weißt schon. Carla ...", ich schluckte. Ich hatte den Namen schon so lange nicht mehr ausgesprochen. „Carla war sehr gesellig." Ich atmete tief durch.

„Und du?"

„Hm! Na ja, ich auch ... damals." Eine Zeit lang war es sehr still und jeder hing seinen Gedanken nach.

„Wie war sie?"

Ich schluckte, dann nahm ich Anlauf: „Sie war mein Leben!"

Meine Stimme zitterte, aber es machte mir merkwürdigerweise nichts aus. Und plötzlich wollte ich von ihr reden, von ihr und dem Kind, das ein Junge geworden wäre.

Ich erzählte davon, wie wir uns kennengelernt hatten an der Uni damals und dann schon nach drei Monaten heirateten. Wie glücklich wir gewesen waren, obwohl es uns an jeglicher materiellen Sicherheit gefehlt hatte.

Dann Carlas Examen und die Anstellung als Ärztin, was mir ermöglicht hatte, mich ganz dem Schreiben zu widmen, und schließlich die bewusste Entscheidung für das Kind, als sich bei mir die ersten Erfolge als Schriftsteller eingestellt hatten. Das Kind sollte die Krönung unserer Liebe sein – alles war perfekt gewesen.

Bis zu jenem Abend, als ein einziger Anruf mein Leben beendet hatte. Ich war gestorben, so wie Carla gestorben war und das Kind in ihrem Leib mit ihr.

Ein betrunkener Lastwagenfahrer hatte nicht mehr ausweichen können, und das, was von meiner Familie übrig geblieben war, hatte man mir nicht zeigen wollen. Es hatte Monate gedauert, bis ich wirklich glauben konnte, dass Carla für immer gegangen war, denn ich hatte sie nicht tot gesehen. Und unseren Sohn hatte sie mitgenommen, das Kind, das nie die Chance zu leben erhalten hatte. So war ich ein Geist geworden, der nur für den Augenblick lebte, an welchem er seine Liebe wieder sehen würde – in einer anderen Welt.

Ich schwieg erschöpft. Ein Teil von mir konnte nicht glauben, was ich eben getan hatte. Ich hatte einer Katze – na ja einer besonderen, aber dennoch einer Katze – alles erzählt, was ich jahrelang tief in mir vergraben hatte.

Ein anderer Teil war von einer tiefen, wenn auch wehmütigen Freude erfüllt, von der ich nicht wusste, woher sie kam.

Chapeau schwieg lange. Schließlich schaute sie mich fragend an. „War sie schön?"

Ich lächelte. „Ich weiß nicht, was du darunter verstehst. Für mich war sie das Schönste auf der Welt."

Der Hut schien zu nicken. „Dann war sie schön, ohne Frage."

Und dann sagte ich etwas, was mich selbst am allermeisten erstaunte: „Willst du ein Foto von ihr sehen?"

„Ein Foto? Ach ja, das sind die kleinen glänzenden Bildchen, nicht wahr?" Sie musterte mich nachdenklich, dann bat sie fast scheu:

„Ja, gerne. Zeig es mir. Ich möchte es sehr gerne sehen. "

Ich stellte einen Hocker vor den alten Bauernschrank, der zwischen den Fenstern stand, und holte den großen Karton herunter, den ich seit fünf Jahren nicht mehr angerührt hatte. Er war völlig verstaubt, und ich musste ihn erst abwischen, bevor ich den Deckel hob.

Das, was ich suchte, lag ganz zuoberst, das wusste ich noch, und es war mir auch sehr recht, denn es wäre mir zuviel auf einmal geworden, all die anderen Dinge zu berühren, wenn ich es hätte zuunterst hervorholen müssen.

Ich nahm den großen silbernen Bilderrahmen heraus und drehte ihn um.

Der Schmerz überfiel mich unerwartet heftig, und ohne, dass ich es verhindern konnte, liefen mir die Tränen hinab. Aber ich wischte sie nicht ab.

„Hier", sagte ich leise, klappte die Stütze hinten aus und stellte das Bild auf den Tisch.

Der Hut richtete sich auf, näherte sich dem Bild, und es wurde ganz still.

Schließlich schaute Chapeau zu mir auf und lächelte: „Ich verstehe. Ich verstehe sehr gut. Was für ein Glück du hattest, dass du eine solche Liebe erleben durftest, nicht wahr?"

So hatte ich es noch nie betrachtet, aber Chapeau hatte recht.

„Ja", sagte ich nachdenklich, „ja, das ist wahr."

Und plötzlich erfüllte mich ein wildes Glücksgefühl, wie ich es schon lange nicht mehr gehabt hatte. Ich nahm den Rahmen vom Tisch und stellte ihn auf den Kaminsims. Dann schloss ich den Karton, aber ich schob ihn neben meinen Schreibtisch. Morgen würde ich hineinschauen, oder an einem anderen Tag, es war nicht wichtig, denn das Siegel war jetzt gebrochen.

Dann wandte ich mich Chapeau zu: „Wie wär's mit Abendessen? Ich habe noch einen Rest Lachsschinken, und Tatar gibt es auch noch."

„Da sage ich nicht nein", klang es unter dem Hut hervor, und er stakte mir voraus in die Küche.

Im Vorbeigehen warf ich einen Blick zu dem Bild auf dem Kaminsims hinüber, und als ich die Küche betrat, merkte ich, dass ich lächelte.

Problemlose Probleme

Ich saß, wie immer am Vormittag, vor dem Computer. Heute wäre ich jedoch am liebsten aufgestanden und einer erfreulicheren Tätigkeit nachgegangen, denn ich hing fest. Der Protagonist meines Romans hatte eine Frage gestellt, und sein Gesprächspartner konnte sie ihm nicht beantworten.

Das war kein Wunder, denn ich konnte sie auch nicht beantworten. Wie also sollte eine meiner Figuren die Antwort kennen, wenn ich, der große Souffleur, ratlos war?

Chapeau döste neben mir auf ihrem geliebten Manuskriptstapel vor sich hin, was ich allerdings nur vermuten konnte, denn sie hatte sich ganz unter ihren Hut zurückgezogen, und selbst die Gucklöcher waren dunkel.

Ich beneidete sie maßlos um ihre Unbeschwertheit. Sie konnte ihr Leben genießen, ich hatte keine Wahl, denn ich war unser Ernährer. Und wenn mir nicht bald etwas einfiel, würde die Zeit von Croissant und Lachsschinken bald der Vergangenheit angehören. Ein tiefer Atemzug hob meine Brust.

Schlagartig bekamen die Gucklöcher des Hutes Augen. „Was ist denn mit dir los?"

„Ach, Chapeau, das Leben ist schon manchmal schwer!"

„Nur manchmal?", kam die ironische Frage, und die Augen begannen zu funkeln.

„Haha! Aber du hast recht, es ist meistens schwer. Jetzt gerade plagt es mich ganz besonders."

Der prächtige silbergraue Schwanz schob sich unter dem Hut hervor und bewegte sich gespannt hin und her. „Ach ja? Was ist denn los?"

„Nun, das Problem liegt ...", hier wurde ich unterbrochen.

„Es liegt? Wo liegt es denn?"

„Ach, Chapeau, sei doch bitte mal so ernst, wie es dieses Thema verdient."

„Nun gut, wenn das Thema es verdient ..."

„*Chapeau!*"

„Du bist aber grantig heute. Ich wollte dich nur ein bisschen aufheitern."

„Das ist dir gelungen", knurrte ich mit zusammengebissenen Zähnen, „ich lach mich gleich tot. Hörst du jetzt zu?"

„Jetzt ja! Also ...?"

Ich verdrehte die Augen, doch dann erklärte ich: „Ich schreibe einen Roman, und die Hauptperson hat einer anderen gerade eine Frage gestellt. Die andere Person kann sie aber nicht beantworten, weil *ich* sie nicht beantworten kann. Und jetzt sitze ich da und komme nicht weiter."

„Aha!" Chapeau schaute mich durchdringend an und ich hätte geschworen, dass sie die Brauen runzelte. „Dann schreib doch so, dass diese Frage nicht notwendig ist."

Mein Seufzer war diesmal sehr ungeduldig. „Das geht nicht. Das ganze Buch dreht sich letztlich im Grund um diese Frage."

„Hm! Um welche Frage geht es denn? Vielleicht kann ich dir ja helfen."

Das Selbstbewusstsein, das mit den Worten zu mir herüberschwappte, hätte für zehn Leute gereicht.

„Eine Katze soll wissen, was meiner Meinung nach gar nicht zu beantworten ist?", spöttelte ich.

„Sicher! Eine Katze! Aber was für eine."

Ich begann zu lachen. „Also gut", sagte ich schließlich, „die Frage lautet: Wieso gibt es so viel Leid im Leben, und warum jagt ein Problem das andere?"

Stille.

„Nun?"

„Hm!"

„Das ist deine ganze Antwort? So weit war ich auch schon", grummelte ich.

Ein strafender Blick traf mich. „Sei doch nicht so ungeduldig. Gut Ding will Weile haben. Darüber muss ich erst mal nachdenken."

„Schön, dann tu das. Aber es sollte schnell gehen, denn der Abgabetermin rückt näher. Vielleicht fällt dir ja die Antwort rechtzeitig ein."

„Die braucht mir nicht einzufallen, die Antwort kenne ich schon. Ich muss nur darüber nachdenken, wie ich sie dir erklären kann, damit du sie verstehst."

Ich starrte die kleine Gestalt auf meinem Schreibtisch an und bekam den Mund nicht mehr zu.

„Hast du Maulsperre?", kam die besorgte Frage.

„Hältst du mich für einen Trottel, der zu blöd ist, etwas zu kapieren?", stieß ich erbost hervor.

„Aber nein, gar nicht. Für einen Menschen bist du sogar recht schlau ..."

„Ach ja? Danke!"

„Unterbrich mich nicht. Aber du hast mitunter die Eigenschaft, den Wald vor lauter

Bäumen nicht zu sehen, deshalb muss ich die Sache möglichst einfach erklären."

Ich konnte nicht lachen. „So, so, für die Doofen, was?"

Ein Kichern drang unter der Hutkrempe hervor. „Das hast du gesagt."

Jetzt wurde ich langsam ungeduldig. „Also, jetzt erklär mir das mal, egal wie."

Stattdessen kam eine Frage: „Du hast also Probleme im Leben?"

„Das kannst du laut sagen. Mein Leben ist ein einziges Problem von vorn bis hinten."

„Jetzt übertreibst du aber ein bisschen."

„Nein Chapeau, nicht im mindesten. Mein Leben wimmelt von Problemen, und ich würde mir wünschen, dass das endlich mal aufhört. Ich denke, es könnte ruhig auch mal ein wenig leichter werden. Und warum sollten sich meine Probleme nicht auch in Wohlgefallen auflösen?"

„Auch? Wieso auch? Kennst du denn jemanden, bei dem es so ist?"

Darüber musste ich nachdenken. „Na jaaa", dehnte ich, „wenn man manche Leute so sieht ..." Mehr fiel mir nicht dazu ein, und ich verstummte.

Stille.

„So, so", Chapeaus Augen wurden zu heiteren kleinen Schlitzen, „wenn man manche Leute sieht. Und was glaubst du von den Leuten zu sehen?"

„Na hör mal, was ist das für eine Frage."

„Eine sehr kluge. Was siehst du von den Leuten, denen es besser geht als dir, denn so?"

„Na ja, da gibt's die, die in Geld schwimmen, die Jungen, solche, die zufrieden und glücklich mit ihren Partnern leben. Die Schönen, denen die ganze Welt zujubelt, die Genies, die Nobelpreise kriegen, die ..."

„Geschenkt, geschenkt", maunzte Chapeau, „genau so habe ich mir das vorgestellt."

„Was?" Ich war unwillig wegen der Unterbrechung. Immer wenn ich grade so richtig am Zug war, unterbrach sie mich.

„Was heißt, so hast du dir das vorgestellt?" Chapeau kicherte.

„Na, ich habe erwartet, dass du diesen Käse von dir gibst."

„Käse? Na hör mal. Das ist kein Käse, das weiß doch jeder! Das ist Allgemeinwissen ... sozusagen."

„Eben ... Allgemeinwissen ... Müll. Wissen ist etwas ganz anderes. Das, was du Allgemeinwissen nennst, müsste man eigentlich Allgemeinvermutungen nennen. Da steht in einer Zeitung, jemand hätte Geld wie Heu, gleich rennt ihm jeder hinterher. Keiner verlangt einen Beweis und jeder glaubt, er schwimme im Glück. Jung? Ja, das hat was, aber ist jemand, der jung ist, gleich auch glücklich? Mitnichten. Du würdest dich wundern. Partnerschaft? Zufrieden und glücklich? In Partnerschaften gibt es die besten Schauspieler, und die Zahl derjenigen, die sich selbst belügen, ist Legion."

„Du willst doch nicht behaupten, alle glücklichen Paare lügen?"

„Nein! Aber es gibt viel weniger von ihnen, als man denkt. Und die Schönen? Oh Bastet! Dazu sage ich lieber nichts. Und jetzt stelle ich dir eine Frage: ‚Woher weißt du, oder man, dass diese alle glücklich sind?'"

„Man sagt es."

„Wer ist man?"

„Na ja ...", ich wurde nachdenklich, „ich glaube, ich weiß, was du meinst. Es wird behauptet, aber wissen tut es niemand wirklich."

Ein zärtlicher Blick flog zu mir herüber. „Richtig! Genau das. Durch eure Lesezettel und diese beweglichen Bilder in euren komischen Kästen wird das Märchen verbreitet, man müsste nur das und das besitzen oder so und so sein oder aussehen, dann wäre man schon glücklich, und die ganze Menschheit glaubt das. Alle rennen diesen Idealen hinterher, in der Annahme, das ewig dauernde Paradies wäre zu erreichen, wenn man nur eine oder alle Voraussetzungen erfüllen würde, die vorgegaukelt werden."

„Hm!", brummte ich, kippte den Stuhl nach hinten und legte die Füße auf den Tisch, bei mir immer ein Zeichen angestrengtester geistiger Tätigkeit.

„Ja", stichelte der kleine Teufel unter dem Hut ironisch, „soweit waren wir schon."

Ich würdigte Chapeau keiner Antwort. Eine Zeit lang war es still. Schließlich nahm ich die Füße vom Tisch und beugte mich vor. „Wenn ich richtig verstanden habe, worauf du raus willst, dann heißt das, dass es dieses Paradies gar nicht gibt."

„Bingo! Ganz genau! Es existiert nicht. Heute nicht, morgen nicht, und es hat nie existiert."

Ich starrte den Hut konsterniert an. „Mein Gott! Das würde ja bedeuten, dass die ganze Welt einem Phantom nachrennt!"

„Ja, mein Freund, ja! Genau so ist es."

„Wie schrecklich."

„Nun ja, gewissermaßen schon. Aber nur

wen man es von der falschen Seite aus betrachtet."

„Inwiefern?"

„Schau, das ganze Problem liegt nur darin,
dass die irrige Meinung besteht, es gäbe dieses endgültige Paradies, in dem sich alles
in Wohlgefallen auflöst. Wenn du diese
Meinung aufgibst, ist das Problem weg." Ich
schickte einen zweifelnden Blick zu Chapeau
hinüber.

„Dieses Problem vielleicht, aber meine
Probleme habe ich deshalb immer noch."

„Natürlich. Die brauchst du ja auch."

„Brauchen? Na jetzt hört's aber auf. Die
sind unnötig wie ein Kropf!"

„Nein! Probleme sind die Geschenke des
Lebens an die Menschen, damit sie daran
wachsen können."

„Vielen Dank!", brummte ich grantig. „Und
das ist nun deine ganze Weisheit zu diesem
Thema?"

„Nein, nicht die ganze."

„Und, was fehlt dann noch?"

„Das Wesentliche, im Sinn des Wortes.
Schau, das Leben ist keine Aneinanderreihung von paradiesischen Zuständen. Das
gibt es nirgendwo. Die Menschen haben
verlernt, die Natur zu beobachten, andern-

falls wüssten sie es. Alles ist Werden und Vergehen, Aufstieg und Niedergang, aber auch und immer: Erneuerung. Nichts bleibt dort stehen, wo es ist. Das Wesen des Lebens ist, wenn du so willst, ja gerade eine Aneinanderreihung von Problemen, die nach und nach gelöst werden müssen."

Sie schwieg und warf mir einen prüfenden Blick zu. Dann fuhr sie fort: „Du musst nichts anderes tun, als das zu erkennen. Und dann musst du ja dazu sagen. Das mögen die Menschen nicht so gerne, denn sie lieben den Gedanken, sie könnten alles manipulieren nach ihren Vorstellungen. Aber das können sie nicht oder nur begrenzt. Das Leben schaut zu, eine lange Zeit, aber früher oder später zieht es immer die Bremse."

Wieder schwieg sie.

„Ja dazu sagen", murmelte ich, „das ist schwer."

„Ja, aber nur, bis du es getan hast. Danach ist es nicht mehr schwer. Auch das Leben ist dann nicht mehr schwer."

„Also, das kannst du mir nicht erzählen. So ein Quatsch." Chapeaus Augenwinkel kräuselten sich.

„Nun ja, Probleme hast du dann natürlich immer noch. Nur hast du dann kein Problem mehr damit, dass es so ist. Verstehst du das?"

Ich schaute den Hut gedankenverloren an.

„Ich verstehe", sagte ich schließlich, „solange ich auf eine problemfreie Zukunft hoffe, muss ich die Probleme, die ich habe, hassen. Wenn ich akzeptiere, dass das Leben eben so ist, wie es ist, kann ich sie annehmen. Dann ist es nicht mehr an sich ein Problem für mich, dass ich welche habe. Ich packe sie eben an und schaffe sie weg, so gut ich kann."

„Bastet sei Dank! Du hast es erfasst! Und vor allem: Wenn du diese Erkenntnis gewonnen hast, tust du das auch – sie wegschaffen, meine ich. Ansonsten verdrängst du und schiebst weg, was dir unangenehm ist. Wie ich schon sagte: Es ist ganz einfach."

Ich warf den Kopf zurück und brach in ein befreiendes Lachen aus.

„Chapeau, du bist unbezahlbar. Womit habe ich dich verdient?"

„Tja, womit wohl? Wer löst das Rätsel? Aber jetzt würde ich gerne meinen unterbrochenen Schlaf fortsetzen. Und du hacke endlich die Antwort, die du so lange gesucht hast, in deinen Apparat da."

Die Augen hinter den Gucklöchern des

Hutes verschwanden, der Schwanz wurde eingezogen, und bald tönte ein leises zufriedenes Schnurren zu mir herüber.

Ich setzte mich zurecht und begann, die Antwort in meinen Apparat zu hacken.

Albtraum

Es war ein grässlicher Albtraum!

Ein unsichtbares Monster presste mir die Lungenflügel zusammen, und erst kurz vor dem Ersticken gelang es mir, einen ächzenden Schrei auszustoßen. Ich erwachte. Der Albdruck jedoch war nicht gewichen. In Panik tastete ich meinen Brustkorb ab.

„Chapeau!"

Mein Schrei hätte Tote erweckt. Der Hut drehte sich lediglich ein wenig und schaute mit fluoreszierenden Augenlichtern auf mein Gesicht herab.

„Musst du so schreien? Wer soll denn bei dem Lärm schlafen?", gähnte das Untier vorwurfsvoll.

„Geh ... von ... mir ... runter ...", keuchte ich und versuchte den Hut von meiner Brust zu schieben.

„Ich habe es hier gemütlich. Weshalb sollte ich?"

„Weil ... ich ... keine ... Luft ... kriege ... du ...

bist ... zu ... schwer." Ich hatte das Gefühl zu ersticken.

„Oh, Pardon! Weshalb sagst du das nicht gleich? Immer erst schreien, ts ts ts."

Der Hut glitt vorsichtig herab und richtete sich häuslich zwischen Oberarm und Brustkorb auf der Decke ein, die ich eben hochziehen wollte.

„Chapeau! Was soll das! Ich will mich zudecken!"

„Lass dich nicht davon abhalten", schnurrte es schläfrig, „nur tu es schnell, damit wir endlich wieder zur Ruhe kommen."

„Ich kann nicht, weil du darauf liegst. Geh runter!" Ich war kurz davor zu schreien.

„Dann sag das doch gleich! Woher soll ich wissen, was du meinst, wenn du es nicht sagst." Der Hut erhob sich und ließ sich neben meinem Kopf nieder. „Jetzt deck dich zu, und dann gib Ruhe!", kam der Befehl.

Ich zog zähneknirschend die Decke über die Schultern und versuchte, mich umzudrehen. Das allerdings war mir nicht vergönnt.

„Chapeau", flehte ich verzweifelt, „wenn du dich auf meinem Kopfkissen breitmachst, kann ich mich nicht umdrehen."

„Du meine Güte, was bist du heute Nacht kribblig", schoss es zurück, „erst willst du mehr Luft, dann mehr Decke und jetzt auch noch mehr Platz auf dem Kissen. Du bist ganz schön anspruchs..."

„*Chapeau!!!*"

„Schon gut, schon gut. Was tut man nicht alles für einen Freund."

Als der Hut auf meinen Oberschenkeln leise zu schnurren begann, blieb mir nur noch eins: Das Sofa war zu schmal, zu kurz und hart, aber ich war alleiniger Nutzer dieses Lagers. Kurz bevor ich ins Land der Träume abdriftete, hörte ich ein verschlafenes Gemurmel aus der Richtung meines Bettes: „Was tut man nicht für einen Freund."

Am Morgen fiel mein erster Blick auf den Hut. Chapeau schlief zufrieden neben meinen Füßen, die nackt über die Sofakante ragten.

Mein Bett war leer.

Unendlichkeit

„Wie interessant! Wie ungemein interessant!"

Bei Chapeaus Ruf hielt ich inne. Was war jetzt wieder los?

„Was ist denn?", rief ich in Richtung Küche.

„Es wäre lohnend, wenn du dies hier anschauen würdest." Wenn Chapeau in diesem Ton befahl, erwartete sie Gehorsam.

„He, hör mal, ich muss noch ..."

„Komm schon!"

Ich erhob mich. Meine Selbstachtung gebot mir, von einer Grundsatzdiskussion abzusehen, aus der ich sowieso als Verlierer hervorgehen würde.

„Was ist denn nun schon wieder?", fragte ich von der Küchentür aus, bereit, sofort wieder in mein Arbeitszimmer zu entweichen.

„Schau dir das an!" Der Hut lag auf dem Tisch vor einer Bierflasche und betrachtete das Etikett so verzückt wie ein Pilger die Statue der Schwarzen Madonna. Der silbergraue Schwanz lugte unter der Krempe hervor und zuckte in ungewöhnlicher Spannung.

„Was soll ich anschauen?"

„Dieses wunderbare Bildchen."

„Wunderbar? Wunderbar!? Das Etikett einer Bierflasche? Chapeau, du spinnst."

Ein Blick voll abgrundtiefer Verachtung ließ mich erzittern. „Ich spinne nie. Ich bin Chapeau ...!

„Ja, ja, ich weiß schon: Du bist Chapeau Chatte."

„Sehr richtig."

„Und was, bitte, ist an einer Bierflasche so wunderbar?"

„Die Flasche ist nur eine Flasche, weiter nichts."

„Du sagst es, dann kann ich ja jetzt ..."

„Jetzt setz dich schon her, verflixt noch mal. Und schau dir dieses bedeutsame Abbild an!"

„Bedeutsam? Und Abbild wovon?"

„Von der Unendlichkeit."

„Von ... waaas?"

Ich setzte mich auf einen Stuhl und starrte entgeistert auf das Etikett. Ein Mönch in brauner Kutte hielt eine ebensolche Flasche in der Hand, wie sie vor mir stand.

„Nun?", fragte Chapeau gespannt.

„Was, nun? Nichts, nun! Ein Mönch hat eine Bierflasche in der Hand. Ein sehr passendes Motiv für ein Getränk mit Namen ‚Klosterbier'. Weiter nichts."

„Weiter nichts? Nichts?" Der Schwanz peitschte den Tisch.

„Nichts! Kann ich jetzt wieder ...?"

„Nichts kannst du ... bleib da!"

„Chapeau ... bitteeee ...!"

Offensichtlich war Chapeau auf diesem Ohr taub. „Schau die Flasche an! Was siehst du auf dem Etikett?"

„Einen Mönch, das sagte ich schon."

Meine Stimme erinnerte mich selbst an den bockigen Trotz, mit dem ich früher den meiner Meinung nach unberechtigten Forderungen meiner Lehrer begegnet war, zur Lösung eines mathematischen oder physikalischen Problems beizutragen.

„Was hat er in der Hand?", fuhr der Hut fort.

„Eine Flasche! Mensch, sag mal, spielen wir hier Schule oder was?"

Chapeau fauchte. „Was ist auf der Flasche, die auf dem Etikett abgebildet ist?"

„Ein Etikett."

„Und auf diesem Etikett?"

„Ein Mönch, der eine Flasche hält mit ..."

Ich verstummte und riss die Augen auf.

„Nun? Mit ...?"

„Mit einem Etikett."

„Auf dem ...?"

Ich verdrehte die Augen und lehnte mich mit verschränkten Armen zurück. „Schon gut, ich hab verstanden."

„Na, endlich. Also, ist es ein wunderbares Bildchen oder nicht?"

„Wenn du es so betrachtest, ja, dann ist es wunderbar."

„Siehst du! So betrachtet ist übrigens alles wunderbar. Es hängt vom Blickwinkel ab."

Ich schwieg und starrte das Etikett an. Mir wurde ganz schwindelig.

„Und wann endet die Reihe der immer kleineren Etiketten?", fragte Chapeau lauernd.

Ich kapitulierte. „Nie."

„Siehst du – in alle Unendlichkeit. Und in der anderen Richtung ist es ebenso."

„Wie ebenso? In welcher Richtung?"

„Nun ja, die Flasche hier auf dem Tisch hält ein Mönch in der Hand – auf dem Etikett einer größeren Flasche und diese ..."

„Verstehe", unterbrach ich, „es genügt."

Eine Weile schwiegen wir und schauten das Etikett an. Ich wäre nicht erstaunt gewesen, wenn der Mönch plötzlich gewinkt hätte.

„Und du bist in der Mitte."

Ich schrak auf. „Was? In der Mitte wovon?"

„In der Mitte der Unendlichkeit."

Irritiert starrte ich auf das Etikett.

„In der einen Richtung schaust du zum unendlich Kleinen hin", fuhr Chapeau geduldig fort, „in der anderen zum unendlich Großen. Oder nicht?"

„Ja, sicher."

„Und in der Mitte bist du."

„Aber ..."

„Und egal, wo du stehst, du bist immer der Mittelpunkt, weil du von dort aus immer gleich weit entfernt bist von jedem Punkt – unendlich entfernt."

„Der Mittelpunkt", wiederholte ich und bekam eine Gänsehaut.

Chapeau kicherte vergnügt.

„Aber", fuhr ich fort, „dann bist du genauso Mittelpunkt wie ich oder wie jeder, der dieses Etikett betrachtet."

„Ja, natürlich. Es gibt unendlich viele Mittelpunkte. Genau betrachtet gibt es überhaupt nur Mittelpunkte und eigentlich ist es sowieso nur ein einziger Punkt."

Mir schwindelte.

„Chapeau! Darüber muss ich erstmal meditieren."

„Das ist sehr weise", schnurrte der Hut.

Ich verließ das Haus und setzte mich unter die Kastanie.

„Unendlichkeit", murmelte ich, „unglaublich."

Dann schloss ich die Augen.

Ich öffnete sie, als sich der Hut in meinem Schoß niederließ. In den geheimnisvoll lächelnden Augen der Katze spiegelte sich winzig klein mein Gesicht.

Ich war in einer merkwürdigen Stimmung, die man nicht anders nennen konnte, als albern.

Chapeau saß wie so oft auf dem Papierstapel am Rand meines Schreibtisches, um mir zuzusehen und musterte mich mit wachsender Verwirrung, als ich mich darin überschlug, sie mit blöden Sprüchen zu unterhalten.

„Sag mal, hast du was Schlechtes gegessen? So kenne ich dich gar nicht."

Ich kicherte. „Davon kannst du ausgehen. Wie solltest du mich kennen, wenn ich mir selbst ganz fremd bin."

Chapeau hob die Brauen. „Das stelle ich mir aber unangenehm vor. Ich wäre mir selbst nicht gerne ganz fremd."

„Ach, Chapeau, nimm doch nicht alles so wörtlich. Ich bin mir doch nicht fremd in diesem Sinn."

„Wie dann?"

Ja, wie dann? Ich dachte eine Weile über diese Frage nach. „Na ja", sagte ich schließlich, „es ist eher so, als wäre ich jemand geworden, den ich erst kennenlernen muss."

„Ah. Verstehe."

Sie verstand ganz offensichtlich wirklich. Was für ein bemerkenswertes Wesen. Ich starrte sie an.

„Was ist? Hat der Hut einen Fleck, oder was schaust du so?"

Ich musste lachen. Es fiel mir erst jetzt auf, dass der Hut zwar alt war, aber tatsächlich keinen Fleck hatte. Auch das war eigentlich bemerkenswert.

„Nun?" Sie wurde ungeduldig.

„Ich dachte gerade darüber nach, wo ich wohl wäre, wenn du nicht in mein Leben getreten wärest."

Chapeau lachte leise. „Darüber musst du erst nachdenken? Ich würde sagen, das liegt doch auf der Hand."

„Ach ja?"

„Natürlich! Du würdest immer noch in dem Karton stecken, der da neben deinem Schreibtisch steht."

Ich starrte sie entgeistert an, dann warf ich einen Blick auf die Schachtel, die immer noch geduldig darauf wartete, dass ich den Deckel hob, um mich dem zu stellen, was von der großen Liebe meines Lebens übrig geblieben war. Vor noch nicht allzu langer Zeit wäre mir auch nur der Gedanke daran unerträglich gewesen , aber jetzt ...

Ich fuhr kurz entschlossen den Computer herunter, machte Platz auf dem Schreibtisch und hob den Karton auf die Platte. Er wirkte überraschend klein auf dem großen Tisch. Ich betrachtete ihn eine Weile einfach so. Chapeau schwieg und beobachtete mich aufmerksam.

Schließlich gab ich mir einen Ruck und hob den Deckel ab. Der Duft war überwältigend, und ich musste mich beherrschen, mich nicht umzudrehen, um nach Carla Ausschau zu halten.

Der Duft ihres Parfums! Er hing in dem blau-grünen Chiffonschal, den ich ihr damals in Paris gekauft hatte. Ich nahm den Schal heraus, legte ihn zur Seite und griff dann nach dem zerfledderten Kinderbuch, ihrem ersten eigenen Buch, das sie überallhin mitgenommen hatte wie eine Reliquie: Mario und die Tiere.

Ich blätterte es durch und erinnerte mich daran, wie sie mir die Geschichte vorgelesen hatte, jeden Abend ein Kapitel, auf unserer ersten Urlaubsreise nach Griechenland, nachdem sie ihre erste Stelle angetreten hatte und wir uns Urlaub endlich leisten konnten.

„Ach, Chapeau", sagte ich leise.

„Ich weiß, mein Freund, ich weiß."

Nach und nach holte ich ein Stück nach dem anderen aus dem Karton, schaute es an, befühlte es, hielt es mir an die Wange oder streichelte es und legte es zur Seite.

Manchmal lächelte ich, wenn ich mich an etwas erinnerte, manchmal weinte ich, und als ich die Trillerpfeife hervorzog, musste ich sogar lachen,

„Was ist daran so lustig?", fragte Chapeau neugierig, „was ist das überhaupt?"

Ich setzte die Pfeife an und blies kräftig hinein. Der Hut sprang fußhoch empor und sackte erschrocken auf den Papierstapel zurück.

„Bist du verrückt? Willst du mich umbringen? Katzenohren vertragen keinen Lärm!"

„Verzeih, daran dachte ich nicht."

„Schon gut. Was ist das für ein Teufelsding?"

„Eine Trillerpfeife."

„Oh. Getrillert hat sie eben wirklich. Wozu soll die gut sein?"

„Man nimmt sie dazu, sich Gehör zu verschaffen."

„Diesen Zweck erfüllt sie absolut", kam die säuerliche Antwort, „ich würde jedoch eher sagen, dass man, wenn man sie benützt, sein Gehör verliert. Aber weshalb ist sie in dieser Carla-Kiste?"

Ich schüttelte den Kopf und lachte erneut. „Weißt du, das war, als ich damals als Schriftsteller erfolgreich wurde. Ich wollte nur noch schreiben, nichts anderes mehr. Ich vergaß die Welt um mich und schrieb und schrieb. Ich nahm nicht mal richtig wahr, wenn Carla mit mir redete. Ich war wie in Trance. Und ich vergaß sie sogar oft darüber."

„Oh, das ist aber gar nicht gut."

„Nein, wahrhaftig nicht. Eines Tages schlich sie sich an und trillerte mir mit dieser Pfeife so laut ins Ohr, dass mir fast das Trommelfell platzte und das Herz stehen blieb. Sie schimpfte nicht und sagte nichts weiter als: ‚Hallo, Paul, hier ist Carla. Es gibt mich noch.' Mehr nicht. Aber ich hatte verstanden. Von da an teilte ich meine Schreibzeiten ein und verbrachte so viel Zeit wie möglich mit Carla ... zum Glück."

„Was für eine Frau."

„Ja, Chapeau, was für eine Frau, wahrhaftig."

Langsam legte ich eines nach dem anderen alle Dinge zurück in die Schachtel und schloss sie wieder.

„Und jetzt?", fragte Chapeau besorgt.

„Jetzt nichts", antwortete ich bestimmt, „aber, irgendwann in nicht allzu ferner Zukunft werde ich diese Dinge ... ich weiß nicht ... vielleicht verschenken, vielleicht verbrennen, vielleicht begraben. Das werde ich dann schon wissen. Nur die Pfeife werde ich behalten – für mich."

„Gut, sehr gut." Der Hut glitt vom Schreibtisch.

„Wohin gehst du, Chapeau?"

„Ach, in den Garten, ein wenig meditieren." Vorwurfsvoll fügte sie hinzu: „Und meine Ohren auslüften, sie klingeln immer noch."

Dann verschwand sie.

Unterwegs

Wir saßen gemütlich auf der Veranda. Ich im Schaukelstuhl und der Hut behaglich schnurrend auf meinem Schoß.

„Sag mal", unterbrach ich die schläfrige Stille, „woher kommst du eigentlich?"

Das Schnurren brach ab. „Ich komme nicht woher, ich bin ..."

„Ich weiß, ich weiß. Du bist Chapeau Chatte. Langsam wird das langweilig."

„Falsch! Unterbrich mich nicht! Ich wollte sagen: Ich bin unterwegs."

„Ach ja? Aber wer unterwegs ist, muss einmal aufgebrochen sein."

„Nur, wenn du in der Zeit wanderst."

„In der Zeit? Wie soll ich das verstehen?"

„Tja, wie?"

„Ach, Chapeau, bitteee."

„Schon gut", antwortete sie zärtlich, „aber darf ich dich an unser Gespräch über die Ewigkeit erinnern?"

Ich starrte den Hut an. „Ewigkeit? Unterwegs in der Ewigkeit, meinst du? Wahrscheinlich auch noch in der Unendlichkeit, was?" Ich gab mir Mühe, nicht zu lachen.

„Gewissermaßen – und doch wiederum ein wenig anders. Denn Ewigkeit ist ein Hilfsbegriff, geschaffen von Leuten, die zeitlich denken."

„Was? Willst du etwa behaupten, dass du außerhalb der Zeit unterwegs ...?"

„Nicht nur ich, wir alle sind unterwegs außerhalb der Zeit und besuchen die, sagen wir mal: Zeitgegend nur hin und wieder. Diese ist ja sowieso nur ein kleines Zipfelchen der Schöpfung. Sozusagen."

Das musste ich erstmal verdauen. Schließlich hob ich den Kopf.

„Aber, wenn es so wäre, wie du sagst ..."

„Es ist so."

„Ja, ja. Also, wenn es so *ist*, dann würde das ja bedeuten, dass wir gar nicht wirklich irgendwohin gehen. Wir wären nur unterwegs?"

Die Augen blitzten. „Gewissermaßen ja."

„Aber das wäre ja grässlich."

Chapeau starrte mich überrascht an. „Ja? Weshalb?"

„Wir kämen nie an."

Sie kicherte ausgelassen. „Bastet sei Dank, dass wir es nicht tun."

„Was?"

„Was ist, wenn du angekommen bist – wo auch immer?"

„Dann ... dann ... also ...", ich schwieg.

„Siehst du. Das wäre das Ende – Stagnation. Das gibt es in der ganzen Schöpfung nirgendwo."

„Aber daran ist irgendetwas falsch. Ich weiß nur nicht, was."

„Das kann ich dir sagen."

„Na klar, wie konnte ich das vergessen." Kichern.

„Deine Empfindung von Anfang und Ende gründet auf der Vorstellung, die du dir von Geburt und Tod machst. Und die ist falsch."

„Falsch. Klar, was sonst."

„Richtig, du sagst es. Für dich bedeutet Geburt gewissermaßen das Auftauchen aus einem Nichts davor und Tod das Abtauchen in ein Nichts danach."

„Na ja, so denken doch die meisten."

„Ich weiß. Weil sie lieber gar nicht über dieses Thema nachdenken wollen, aus Angst, es könnte so sein, wie sie fürchten."

„Nun, dann erklär mir mal, wie es wirklich ist", forderte ich Chapeau etwas ironisch auf.

„Oh, ganz einfach."

„Wieso überrascht mich das nicht?" Aus

den fransigen Gucklöchern schossen gefähr-
liche Blitze und der Schwanz zuckte ärgerlich. „Unterbrich mich nicht immer! Wenn
du geboren wirst, betrittst du die Zeitgegend
durch die Vordertür und verlässt damit die
Zeitlosigkeit. Beim Tod trittst du durch die
Hintertür wieder hinaus in die Zeitlosigkeit.
So könnte man es sagen. Dein Leben hier ist
nur ein Abstecher."

„Ach ja? Und du? Machst du auch gerade
einen Abstecher?"

„Aber ja!"

„Und? Macht's Spaß?"

Jetzt drang unter dem Hut ein perlendes
Katzengelächter hervor. Es war ein so um-
werfendes Geräusch, dass ich nicht anders
konnte, als ebenfalls schallend zu lachen.

„Ja, oh ja", keuchte Chapeau schließlich,
„es macht höllischen Spaß. Es hat mir noch
nie so viel Spaß gemacht wie mit dir."

„Noch nie? Bin ich nicht der Erste, bei dem
du dich einquartiert hast?" Das Gefühl von
Eifersucht, das in mir hochkroch, überrasch-
te mich.

„Aber nein! Wie kommst du denn darauf?"

„Na ja, ich dachte ... und außerdem habe
ich noch nie gehört, dass anderswo eine
Hutkatze gesehen worden wäre."

„Weil sie noch nie anderswo war."

„Nie? Nur bei mir?"

„Nur bei dir."

„Aber, wenn du das nächste Mal ..."

„Dann bin ich nicht Chapeau Chatte", unterbrach sie mich.

„Sondern?"

„Woher soll ich das wissen? Es kümmert mich auch nicht. Jetzt ist jetzt und ich bin ich, ich bin ..."

„Chapeau Chatte", ergänzte ich. Eine Weile schwiegen wir. Ich schrak auf, als Chapeau erneut zu reden begann: „Schreibe mich."

„Wie?"

„Schreibe mich. Es wäre interessant, in deinem Schreibapparat zu sein. Ich war noch nie in so einem Ding."

„Aber ..."

„Und außerdem ist es sicher nett, einander darin zu begegnen, auch wenn ich wieder weg bin."

„Weg?", fragte ich blöde, „wieso weg?" Ich hatte nicht einmal ansatzweise gedacht ...

„Nun ja, die Zeit wird kommen. Ich habe auch anderwärts zu tun."

„Du kannst nicht einfach wieder verschwinden", hörte ich mich sagen, „ich brauche dich doch."

„Nur noch ein wenig. Aber die Zeit wird kommen ... schreibe mich."

„Nein!"

Chapeau schickte einen weisen Blick zu mir herüber. „Es ändert nichts, weißt du. Es ist besser, sich den Tatsachen zu stellen. Wenn du den Schmerz willkommen heißt und umarmst, dann wandelt er sich irgendwann in Wehmut. Und Wehmut lächelt in Dankbarkeit dafür, dass war, was war. Unterdrückst du den Schmerz und versuchst ihm zu entfliehen, verwandelt er sich in Zorn. Und Zorn macht hart. Dann verlierst du das Gewesene für immer."

„Ach, Chapeau ..."

„Ich weiß. Aber Leben heißt, alles zu umarmen, was es uns bringt, auch das, was schmerzt. Und ohne Abschied, mein Freund, gibt es kein Wiedersehen, nicht wahr?"

„Wiedersehen?"

„Irgendwann! Irgendwo! Doch bitte, schreibe mich."

„Irgendwann", sagte ich störrisch, „das hat Zeit."

Die Augen fixierten mich scharf. Dann glitt der Hut leise von meinem Schoß und verschwand im Garten.

Der Hut hatte sich,
ganz überraschend,
für einige Zeit abgemeldet.

„Ich habe in der nächsten Zeit anderwärts zu tun", hatte Chapeau eines Tages unverhofft beim Frühstück verkündet, „warte nicht auf mich, es kann etwas dauern, bis ich zurückkomme."

Bis ich zurückkomme! Das war das Entscheidende.

„Solange du zurückkommst, darfst du gerne gehen", erlaubte ich großzügig. Der Hut warf mir einen erheiterten Blick zu.

„Na, da bin ich aber froh. Was würde ich bloß machen, wenn du mir die Erlaubnis nicht geben würdest?"

Ich lachte. „Trotzdem gehen."

„Du hast es begriffen. Chapeau Chatte kommt oder geht, ganz wie es ihr gefällt, und ich bin ... na, du weißt schon." Geschmeidig glitt der Hut vom Tisch und strebte der offenen Verandatür zu.

„Ich sorge dafür, dass immer was zum Speisen für dich da ist", rief ich Chapeau sicherheitshalber hinterher, ehe ich mich erhob.

„Davon gehe ich aus", tönte es zurück, „bis dann. Salut."

Dann war es still.

Ich räumte bedrückt den Tisch ab, spülte und machte die Küche wieder sauber. Dann setzte ich mich an den Schreibtisch.

Ein Abgabetermin stand vor der Tür, und wie immer in solchen Fällen hemmte der Druck mich eher, als dass er mich beflügelte. Doch schließlich fand ich mich in das Manuskript hinein, und für die nächsten beiden Tage tauchte ich ab.

Ich war gerade fertig geworden und der Drucker spuckte die ersten Seiten aus. Die merkwürdige Leere ergriff von mir Besitz, die mich immer befällt, wenn ein längeres Projekt abgeschlossen ist, und ich überlegte krampfhaft, was ich machen sollte, um diesem unangenehmen Gefühl zu entkommen. In diesem Moment fehlte mir Chapeau schrecklich, denn mit ihr konnte einem nicht langweilig werden.

,Aber sie hat gesagt, sie würde eines Tages gehen', erinnerte mich ein kleines unwillkommenes Stimmchen.

Ich wollte zwar nicht daran denken, aber die Stimme hatte recht. Chapeau würde nicht immer da sein, ich musste mich mit dem Gedanken anfreunden. Ich konnte mich nicht ständig auf jemand anderen verlassen, es wurde Zeit, dass ich anfing, mich auf mich zu verlassen.

Plötzlich überfiel mich meine Einsamkeit mit Macht. Und in diesem Moment erkannte ich, dass ich sie nicht mehr wollte. Ich wollte nicht länger einsam sein, ich wollte das Leben wieder spüren, das ganze Leben, mit allem, was es brachte.

Als wäre dies der Auslöser gewesen, erklang plötzlich die altvertraute Stimme hinter mir: „Du solltest aufpassen, deine Maschine quillt über!"

Ich fuhr herum und sah Chapeau ganz interessiert dem Drucker zuschauen, der Blatt um Blatt auf den Boden gespuckt hatte. Schnell hob ich die Blätter auf und ordnete sie zu einem sauberen Stapel.

„Mein Gott, Chapeau, musst du dich immer so anschleichen? Ich kriege jedes Mal fast einen Herzschlag, wenn du so plötzlich auftauchst."

„In deinem Alter sollte man noch kein schwaches Herz haben."

Ich lachte: „Du weißt genau, wie ich es meine."

Sie kicherte verschmitzt.

„Und", fragte ich beiläufig, „hast du deine Angelegenheiten zur Zufriedenheit erledigt?" Aber sie ging mir natürlich nicht in die Falle. Sie würde mir nie etwas verraten.

„Doch, ja, tatsächlich. Wobei sich die Frage erhebt, zu wessen Zufriedenheit. Aber ich bin zufrieden." Wieder kicherte sie. „Und, wie wäre es mit einem netten Abendessen? Sagtest du nicht, als ich ging, du ..."

„Natürlich", unterbrach ich sie, „komm."

Wir gingen in die Küche, und ich richtete in Chapeaus Glasschüsselchen Tatar mit frischem Eigelb an. Eine Scheibe Lachsschinken legte ich als Nachtisch dazu.

„Ich liebe dich, mein Freund, du bist unübertrefflich. Ich wünschte mir wirklich, ich hätte das nächste Mal auch ..."

„Ja?", fragte ich, als sie stockte.

„Ach nichts ... nichts Wichtiges."

Ich schaute sie misstrauisch an, aber sie wich meinem Blick aus und machte sich über das Schüsselchen her. Ich belegte ein Brot für mich mit der letzten Scheibe Lachsschinken, und wir aßen in schweigendem Einverständnis.

„Und, was gibt es sonst Neues?", fragte der Hut schließlich.

„Was meinst du mit *Neues?* Bei mir gibt es nichts Neues, außer dass ich mit meinem Roman fertig bin. Du bist diejenige, die weggegangen ist, daher gibt es bei dir eher Neues als bei mir."

„Du versuchst es doch immer wieder", lachte Chapeau, „aber es tut mir leid. Meine Angelegenheiten sind wirklich nicht für jedermann."

Eine Weile schwiegen wir. Schließlich warf sie mir einen scharfen Blick zu, und ich hatte das Gefühl, geröntgt zu werden. Dann wurde der Blick milder, schließlich sanft und endlich liebevoll.

„Ich dachte mir schon so was. Es war höchste Zeit dafür."

„Wovon sprichst du?"

„Ich sehe es an deinen Augen, weißt du. Es lässt sich nicht verbergen."

Ich wurde ärgerlich. „Könntest du bitte mal konkret werden? Ich weiß nicht, wovon du redest."

„Doch, das weißt du sehr genau."

Ich wandte den Blick ab und schaute aus dem Fenster. Dann begann ich: „Ich habe eben darüber nachgedacht, kurz bevor du kamst, dass ...", ich stockte und schwieg.

„... dass die Zeit deines Alleinseins ihrem Ende zugeht", fuhr Chapeau fort.

Ich starrte sie geschockt an.

„Also, jetzt wirst du mir langsam unheimlich. Woher weißt du das?"

„Hast du das denn ganz vergessen: Ich bin Chapeau Chatte."

Ich schüttelte mich vor Lachen. „Wie konnte ich das vergessen", kicherte ich, „verzeih mir."

Chapeaus Augen funkelten vergnügt: „Ich verzeihe dir. Und, wie gedenkst du deinem Alleinsein abzuhelfen?"

Ich stutzte. Das war tatsächlich die Frage. Nachdenklich kratzte ich mich am Ellbogen. Dann, plötzlich, hatte ich die Antwort, und sie war ganz einfach: „Ich weiß nicht, Chapeau. Ich warte einfach, und wenn es so weit ist, werde ich es wissen."

Chapeau bedachte mich mit einem langen, ernsten Blick, dann sah ich, dass sie nickte: „Ja, das ist das Geheimnis."

„Welches Geheimnis?"

„Das Warten. Mehr braucht es nicht. Man muss nur warten, aber auf die richtige Weise, dann geschieht alles wie von selbst."

Sie schwieg eine Weile, dann fuhr sie fort:

„Verstehst du, was ich meine?"

Ich nickte. „Ich glaube schon. Es ist so, als gäbe es das, worauf ich warte, schon irgendwo, und wenn ich das Warten aktiviere, dann wird das, worauf ich warte, zu mir hergezogen. Meinst du das?"

Der graue Schwanz stellte sich steil nach oben und die Augen funkelten.

„Genau das ist das Geheimnis. Es gibt nichts mehr, was ich dir beibringen kann."

Ich setzte zu einer Erwiderung an, mit der ich klarstellen wollte, dass ich ganz im Gegenteil noch viel von ihr zu lernen gedachte, denn ich wusste, dass Lehrer, die so etwas sagten, die fatale Eigenschaft besaßen, unverhofft zu verschwinden, aber ich klappte den Mund wieder zu. Chapeaus Augen blitzten vergnügt.

„Wolltest du etwas sagen?", kam die scheinheilige Frage.

Ich holte tief Luft und sagte dann fröhlich: „Nein, keineswegs. Wie kommst du darauf?"

Das entzückende Katzenkichern erscholl, das ich so sehr lieben gelernt hatte, dann sagte Chapeau: „Nun, ich dachte nur ... aber sollten wir nicht schlafen gehen? Ich bin sehr müde, denn ich hatte viel zu tun."

Und so gingen wir also schlafen.

Ich war kurz vor dem Einnicken, da versuchte ich es zum letzten Mal, vielleicht war eine schläfrige Chapeau nicht so aufmerksam: „Was hattest du denn eigentlich zu tun?"

Und diesmal hatte ich Glück.

„Ich musste alles vorbereiten", kam es hauchleise, dann schlief sie ein.

Vorbereiten, dachte ich verblüfft, *was soll das denn heißen?* Aber ich wusste, dass ich mehr nicht erfahren würde.

Ich legte das Kopfkissen zurecht, kuschelte mich auf die Seite und schloss die Augen.

Aber schließlich ist das ja auch ganz egal, dachte ich noch, dann schlief auch ich ein.

Anfang

Einige Tage später wurde ich von lautem Bremsengequietsche geweckt. Ich schoss hoch.

„Was war denn das, Chapeau?", fragte ich zum Fußende hinab, doch der Hut lag nicht dort.

„Chapeau", rief ich und sprang aus dem Bett, aber es kam keine Antwort. Schimpfende Stimmen drangen von der Straße durchs geöffnete Fenster herein. Während ich in meine Jeans fuhr, schaute ich hinab und erstarrte zu Eis. Unter dem rechten Vorderrad des kleinen Lieferwagens vor dem Haus lugte ein Stück einer verblichenen braunen Hutkrempe hervor. So schnell war ich noch nie die Treppe hinabgerast.

„Chapeau", rief ich verzweifelt, während ich vor dem Rad in die Knie ging.

„Sind Sie Franzose? Verstehen Sie Deutsch?", fragte der Fahrer, der neben seinem Fahrzeug stand, nervös.

„Ja, natürlich, wieso?", fragte ich irritiert.

„Na, dann gehen Sie mal weg", rief der Mann aufgebracht, „ich setze den Wagen zurück."

„Der Hut ist von der Brüstung gesprungen", rief eine junge Frau aufgeregt vom Bürgersteig herüber, „ich hab's genau gesehen."

„So ein Quatsch", lachte ein Herr, der hinzugetreten war, „Hüte springen nicht von Balkonen. Der Wind wird ihn herabgeweht haben."

Der Lieferwagen fuhr einen halben Meter zurück, und der blassbraune Hut lag merkwürdig flach vor mir.

„Was wollen Sie denn mit dem noch", brummte der Fahrer, der wieder herbeigekommen war, „den können Sie wegwerfen. Außerdem war der schon vorher kaputt. Sehen Sie die Löcher da drin? An denen bin ich nicht schuld."

„Nein, nein", sagte ich tonlos, „die waren schon. Man hätte sonst nicht durchschauen können und wäre gegen Bäume und Mauern gerannt."

„Durchschauen?", der Fahrer musterte mich wie einen Irren. „Hören Sie, ich weiß nicht, was Sie für ein Problem haben, aber nehmen Sie den ollen Deckel endlich und schauen Sie, dass Sie von der Straße kommen. Und passen Sie in Zukunft auf Ihre Sachen auf. Es hätte wer weiß was passieren können."

Er bückte sich, hob den platten Filz auf und drückte mir die kläglichen Überreste in die Hand. Der Hut war leer.

„Sagen Sie", bat ich aufgeregt, „war da auch eine Katze? Eine silbergraue Katze?"

„Nee! Gott sei Dank nicht. Das hätte mir gerade noch gefehlt. Ich kann die Biester nicht verknusen. Laufen einem ständig vor die Karre. Tschüs dann."

Mit diesen Worten bestieg er sein Fahrzeug und fuhr davon.

„Na, um den ist es nicht schade", sagte der Herr mit Blick auf das, was ein Hut gewesen war, freundlich, „den können Sie wegwerfen."

„Und er ist doch von der Brüstung gesprungen", beharrte die Frau, „erst ist er auf dem Geländer entlang balanciert, und dann ist er gesprungen."

Der Herr warf ihr einen zornigen Blick zu und wandte sich ab. „Es laufen nur noch Verrückte herum", murmelte er im Weitergehen, „nur noch Verrückte. Wohin soll das bloß noch führen."

„Aber Sie glauben mir doch, nicht?" Die junge Frau schaute bittend zu mir hoch.

Sie hatte wunderbare graue Augen, die mich an irgendetwas erinnerten, doch ich kam im Moment nicht darauf. Aber es würde mir einfallen – zur rechten Zeit.

„Ja", sagte ich leise, „ich glaube Ihnen. Ich weiß, dass Sie recht haben."

Ich drückte den flachen Hut wie eine Reliquie an die Brust, als könnte ich damit mein Herz daran hindern, zu zerbrechen.

„Sie sind traurig", sagte sie scheu, „das sehe ich an Ihren Augen. Wenn Sie wollen ... ich wohne gleich dort drüben. Ich ... habe frische Brötchen zum Frühstück geholt und den wunderbaren Lachsschinken vom Metzger. Darf ich Sie einladen?"

„Lachsschinken?", fragte ich verstört, „Sagten Sie Lachsschinken?"

„Ja. Mögen Sie den?"

Ich atmete tief durch. „Ja", antwortete ich und begann zögernd zu lächeln, „ja, ich mag Lachsschinken sehr. Es ist schon eine Weile her, seit ich welchen ge...schenkt bekam."

Wir frühstückten auf einem Balkon, von dem aus ich direkt auf die große Kastanie in meinen Garten schauen konnte. Und plötzlich wusste ich, dass ich meiner Gastgeberin eines Tages von Chapeau Chatte erzählen würde. Als ich mich schließlich verabschiedete, nahm ich ihre Hand, die sich ganz vertraut anfühlte.

„Danke", sagte ich leise, „es war ... sehr liebenswert, mich einzuladen."

„Ich freue mich, dass ich Sie kennenlernen durfte. Auf Wiedersehen."

„Auf Wiedersehen."

Ich wandte mich ab und sprang, immer zwei Stufen auf einmal nehmend, die Treppe hinab.

Zu Hause setzte ich mich an den Schreibtisch. Ich wusste, dass es sinnlos war, nach Chapeau Chatte zu suchen. Der zerquetschte Hut lag auf einem Manuskriptstapel, und ich vermied den Blick auf die leeren Löcher am Kopfteil. Ich fuhr den Computer hoch, und dann begann ich zu schreiben:

Es war damals, in jenem heißen Sommer, als ein Hut mein Verandageländer entlang wanderte ...

Epilog

Immer wieder einmal gehe ich in meinen Garten und setze mich unter den Kastanienbaum.

Dann schließe ich die Augen, um zu meditieren, und manchmal, wenn ich ganz still werde, meine ich fast, ein leises Schnurren aus den Ästen über mir herabklingen zu hören, und ich frage mich, wo und wer Chapeau jetzt gerade ist und bei wem sie sich einquartiert hat.

Bei wem auch immer, ich beneide denjenigen um das Glück, das ihm da ins Haus geschneit ist. Aber ich gönne es ihm auch, denn ich selbst habe davon bekommen – übersatt.

Ich schicke Chapeau eine Kette liebevoller Gedanken und sage leise: „Ich danke dir, meine Freundin, für alles. Pass auf dich auf, kleine Katze."

Und wie aus weiter Ferne erklingt dann die empörte Antwort: „Wie oft soll ich dir noch sagen, dass ich keine gewöhnliche Katze bin! *Ich bin Chapeau Chatte!*"

Danke

Ich danke meinen kritischen ‚Ohren', ohne welche Chapeau Chatte nicht wäre, was sie jetzt ist.

(Hier würde sie einwenden: „Nur für dieses Mal!")

Meiner Mutter
Susanne, meiner Tochter
Helga
Gudrun
Irmela
Caro
Andrea
Annelie

Und natürlich Chapeau Chatte, von der ich nichts wüsste, hätte sie mich nicht für würdig befunden, sich von mir träumen zu lassen.

*„Danke, Chapeau, es war mir eine
Ehre, dich schreiben zu dürfen."*

Die Autorin

Rosemai M. Schmidt, geb. 1950 in Tübingen, lebt heute mit ihrem Mann in einem kleinen Dorf am Fuße der Schwäbischen Alb.

Sie schreibt, seit sie die ersten Buchstaben auf die Schiefertafel kratzte. Angeleitet von einem selbst schreibenden Großvater, verfasste sie die ersten Gedichte mit sieben Jahren. Seither wusste sie: Ich werde Schriftstellerin.

Sie trat einer Autorengruppe bei, gründete dann eine eigene Gruppe, begleitete junge Autoren bis zur Veröffentlichung und gestaltete und betreut seit 2002 die Seite www.wortmagier.de.

Sie gewann den 1. Preis in dem kleinen, aber besonderen und sehr beachteten Mitschreiben-Wettbewerb zur Schachweltmeisterschaft zwischen Kramnik und Leko 2005.

Ihre Texte wurden in diversen Anthologien und der kleine Jugendroman *Wuhseli – Ein Zeitreisender strandet* im Geest-Verlag veröffentlicht.

Chapeau Chatte ist der von einem Herzenslächeln begleitete, Gestalt gewordene Griff in das persönliche Schatzkästchen der gesammelten Lebens-, Schreib- und Seelenerfahrung, durchwoben von einem Augenzwinkern, und – wie sie es nennt – ihr Filetstück. Bisher!

www.rosemai-m-schmidt.de

Zeitfracht Medien GmbH
Ferdinand-Jühlke-Straße 7
99095 Erfurt, Deutschland
produktsicherheit@kolibri360.de